偽りの家

家族ミステリアンソロジー

赤川次郎／小池真理子／新津きよみ／
松本清張／宮部みゆき／矢樹 純
若林 踏＝編

角川文庫
24314

目次

鬼畜

松本清張

松本清張（まつもと・せいちょう）
一九〇九年、福岡県生まれ。印刷工を経て朝日新聞西部本社に入社。五三年「或る『小倉日記』伝」で芥川賞を受賞。五六年、朝日新聞を退社し、作家生活に入る。六七年、吉川英治文学賞、七〇年、菊池寛賞、九〇年、朝日賞を受賞。代表作に『ゼロの焦点』『点と線』『小説帝銀事件』などがある。社会派ミステリーを始め、歴史・時代小説、古代史・近現代史の論考まで執筆は多岐にわたる。作家生活約四〇年の間に、随筆や日記も含めて約一〇〇〇編の作品を発表し、編著も含め約七五〇冊の著書を刊行した。九二年没。

一

竹中宗吉《そうきち》は三十すぎまでは、各地の印刷屋を転々として渡り歩く職人であった。こんな職人は今どきは少なくなったが、地方にはまれにあるのだ。彼は十六の時に印刷屋に弟子入りして、石版の製版技術を覚えこむと、二十一の時にとびだして諸所を渡り歩いた。違った印刷屋を数多く歩くことを、技術の修業だと思っていたし、実際そうでもあった。

宗吉は、二十五六になると立派な腕の職人になっていた。ことにラベルのような精密な仕事がうまく、近県の職人仲間の間で彼の名を言えば、ああ、あの男か、と知らぬ者がなかった。それくらいだから雇い主は、彼に最上の給金を払って優遇した。彼は酒もあまり飲めず、女買いも臆病《おくびょう》なほうで、あまった金は貯金通帳にせっせと入れた。将来、印刷屋を開くつもりはあったのである。

二十七のときに彼は女房をもった。お梅という女で、働いていた印刷所の住みこみの女工であった。痩《や》せていて、一重瞼《ひとえまぶた》の眼尻《めじり》が少しつりあがっているほかは、さして不美人とも思えない。同じ家の住みこみ同士で仲よくなり、雇い主がうるさく言いだしたので、この女を連れて逃げた。自然と夫婦ということになった。

夫婦になってからも、やっぱり方々の印刷所を渡り歩いた。別に決まった家は借りず、印刷所の二階の空いたところで二人は寝起きした。お梅は女中がわりにそこで働くから、所帯道具の世話はいらない。ほんの着がえの風呂敷包《ふろしきづつ》みだけである。貯金通帳はお梅がしっかりと預かった。

印刷所の主人も夫婦の住みこみは迷惑だったが、宗吉の腕がよいから置いた。こうして夫婦は流転のような生活をしながら、だんだん故郷から東の方へ遠ざかった。しかし貯金通帳の金額はふえるばかりであった。

S市まで来て働いているうちに、市内の小さな印刷屋が居抜きのままで売りに出ていることを知った。宗吉はそれを買いとることをお梅に相談した。貯金はそれだけ溜《た》まっていたから彼女も賛成した。

宗吉は三十二歳でようやく渡り職人をやめて、小さいながら印刷屋の主《あるじ》になった。設備は中古の四截《よんさい》機械一台であった。が、これは、ラベルのような小物を刷るには格好であった。石版印刷の上がりは、色版という製版技術が効果を左右する。宗吉の腕は多年諸方を渡り歩いて鍛えているので、刷上がりは見事であった。

初めは市内の大きな印刷所の下請けをやった。直接の得意のない新規の悲しさには、そんな仕事しかなかった。儲《もう》けの幅はきわめて少ない。

しかし、宗吉の職人気質《かたぎ》の緻密《ちみつ》な仕事ぶりが気に入られ、大きな印刷所では、小物はあすこでなければならないということになり、下請けながら注文はしだいにふえてきた。そうなると、宗吉も気が乗って、朝から夜の十時ごろまで働いた。職人の機械方一人と、刷版《すりばん》の製版工一人だけで、あとは見習小僧二人というきわめて小人数の経営にした。毎晩のように夜業をした。

お梅は気性の勝った女で、自分で機械の紙さしをしたり、ラベルの打抜きをしたり、截断《さいだん》もした。子供が生まれないから、邪魔になるものはなかった。宗吉がむっつりしているのに、彼女は口の立つ女だった。注文に来るよその印刷所の外交員たちは、たいていお梅と話して帰った。彼女は薄い唇でよくしゃべり、調子の高い声を出した。笑うときでもつりあがった眼尻はさがらなかった。雇い人たちは宗吉よりも彼女の機嫌をとった。

こうして利は少ないながら、また少しずつ溜まりはじめた。

「どうも下請けは儲けがない。あと半年ぐらいで半截判《はんさいばん》のオフセットを入れよう。それくらいの金はできるはずだ」

夫婦だけになったときに宗吉は言った。

「そうだね、いつまでも下請けでもないね」

お梅も、うまい汁はよその印刷屋に吸われているような気がしていたので、それに賛同した。とにかく、渡り職人だった彼は、そこまで漕《こ》ぎつけたという感じであった。

宗吉が菊代を知ったのは、その時期である。

菊代は鳥鍋《とりなべ》料理の〝ちどり〟の女中であった。宗吉は仕事を持ってきてくれる印刷所の外交員たちをお礼のつもりでときどきは飲み屋に誘ったが、宗吉を〝ちどり〟に連れていったのは、その外交員の石田という男だった。同じ飲ませてもらえるなら、自分の知ったところに行きたい、という彼の希望であった。

〝ちどり〟は市内でも二流の料理屋だが、女中は十二三人いた。石田はここにときどき来るらしく、みんなイーさん、イーさんと言っていた。

「竹中さん、こいつはお春といってね、ここの古狸なんだ。こんな顔でも自信があるとみえて、ぼくが前にずいぶん口説いたが、どうしても乗ってこなかったしたたかものさ」

石田が、宗吉の横にぺったりとすわった女のことを言った。女はまる顔で額が広く、大きな眼をしていた。髪の毛の赤い難を除けば、皮膚が白く、ぽってりとした男好きのする顔だった。

「あんなこと言っている。イーさんと違って、こちら純情そうね。どうぞ、ターさん、いれさせてね」

お春という女は宗吉に酌をした。大きな眼がうす赤く、色気を感じさせた。年齢は二十五六にみえたが、むろんもっと上に違いない。サービスは行きとどいていた。ほかに二三人の女中もこの座敷にはいっていたが、お春は何かと宗吉にもつれるようにした。彼の膝《ひざ》に手をおいて、白い咽喉《のど》を見せて唄《うた》った。うたう唇の格好がかわいかった。石田は、眺めていてにこにこしていた。

宗吉が、はじめてお春の身体を知ったのは、それから三月ぐらい経ってからである。彼はその間、しきりと〝ちどり〟に通った。はじめて会ってから、お春のサービスのよさが忘れられない。彼が行くと、座敷には必ずお春が出た。彼は〝ちどり〟ではお春の客として待遇された。彼が行くと、お春はよその座敷にはいっていても、そこを捨ててやってきた。

宗吉の商売は順調だったから〝ちどり〟で使うだけの金は自由になった。彼はかなりのチップをお春に出した。

朝から夜まで、根の詰まる仕事をしていると、身体の疲労と気鬱《きうつ》とがあった。お春を知ってからは、その気鬱を散らすことを覚えた。八時ごろになると腰が落ちつかない。支度をしなおして〝ちどり〟へ出かけた。そんなことが月に三度ぐらいはあった。三度というのは頻繁な回数ではない。宗吉は女房のお梅の眼を恐れたのだ。お梅は自分も労働をするので、仕事がすむ八時ごろになると二階に上がって蒲団《ふとん》の中に転んでしまう。宗吉にとっては外出の都合がよかった。が、それも月に四度以上は咎《とが》められる気づかいがあったのである。

宗吉は女房の狐のような尖《とが》った顔よりも、お春の色の白いまる顔に惹《ひ》かれた。それによその座敷をほうってまでくる実意がうれしい。

「あたし、ターさんが好きよ」

と、肩に頬を押しつけるしぐさは、いちおうどの客にもしていることと思いながらも、引きずられてしまう。

彼が〝ちどり〟に行って、お春が抜けられない座敷で唄っているときなど、彼は嫉《しっ》妬《と》が起こった。彼の前にいる他の女中は、

「ターさん、寂しそうね、いますぐ呼んでくるわ」

と言ってからかった。彼は自分が、ここで完全にお春の馴染客《なじみきゃく》になっていることに満足した。

お春がはいってくると、ほかの女中たちは遠慮した。彼女は誰もいなくなると、いきなり杯を二三杯あおって、彼を押し倒してその酒を口移しした。それから、ごめんなさいね、やっと抜けてきたのよ、とあやまり、身体を押しつけてきた。彼女は太《ふと》り肉《じし》なので、宗吉は痩せた女房にない重量感をうけとった。

ある夜、宗吉はその座敷でひどく酔って寝こんだ。その日は昼間の仕事が特別に忙しかったので、その疲れが出たらしかった。

彼は起こされて眼がさめた。

「もう、かんばんよ。よく眠ったわね」

と、お春が言った。彼はお梅を意識して、そんなに遅くまでいたことがなかったので、あわてて起きあがった。それから手洗いに立った。いつものようにお春が戸口で待っていた。

出てくると、まだ足もとが揺れた。飲めない彼もこのごろはかなり飲めるようになっていた。お春が傍にいて彼の身体をささえた。

廊下をもとの方へ歩いていると灯を消した空き部屋があった。ほかの女中たちは帰ったらしく二階には声がない。宗吉はお春を抱くと、暗いその六畳に連れこんだ。

だめよ、とお春は言ったが、彼は乱暴にお春をそこに倒した。片手を伸ばして座蒲団を彼女の頭の下にしいた。女は倒されてからは強いて跳ねかえそうとはしなかった。

「ターさん、浮気なの？　真剣なの？」

と、女は下から落ちついた声で言った。

「真剣だ」

と、彼は荒らい息を吐いて言った。

「そう、浮気でするならいやよ。わたしは誰ともこんなことをしたことないのよ」

「浮気じゃない。おまえのことは考えている」

　宗吉はあえいで答えた。

「そう、きっとね？　捨てないでみてくれるのね？」

　女のこの質問の意味の重大さを彼は半分気づいていた。彼の熱い頭の中は、いまの商売の順調を勘定した。この女ひとりぐらいは、なんとかなりそうな気がした。

「おれに任せてくれ」

　彼は女の耳に上からささやいた。

「本当ね？」

　嘘ではないと彼は言った。女は納得した意思を身体の姿勢ではじめてみせた。彼はこうして、激情のなかで動きのとれぬ言質を女に与えたのだ。

　それから宗吉と菊代（お春というのは店で使う名で、実名は菊代と告白した）の秘密な交渉がつづいた。

　女房のお梅はまったく気がつかない。気性の勝った女だから、わかったら大事と思って、宗吉は細密な用心を重ねて女と会った。菊代には女房の瘦《や》せている身体と違って若い弾力があった。彼は夢中にのぼせた。

　三月ばかりたつと、菊代は身体の異常を言いだした。

「もうお店で働けないわ。あんたのことも、うすうす気づかれているのよ」

それで家を持たせてくれと菊代は強引にねだるのだ。この要求を宗吉は断われなかった。断わることができない。それだけの言質を彼は女に与えている。抜きさしならぬ呪縛《じゅばく》が彼をしめつけた。予感はあったが、それがこうまで早く実現しようとは思わなかった。

だが、まだどこかに満足がないではなかった。渡り職人だった彼が、ともかくも好きな女を囲う身分になれたという充足は出世感に近い。それに、初めて子供をもつという感情も改めて湧いた。

この女の生活ぐらいみていける気がした。懸念はお梅のことだが、今までどおり用心すれば匿《かく》しおおせるであろう。なに、なんとかなると思った。なんとかなる——この漠とした無計算な希望が、じつは、それから八年間もつづいたのであった。

二

八年間、宗吉がお梅の眼から菊代を匿しおおせたのは、ふしぎなくらいであった。

しかも、三人の子ができていた。上が男の子で七つ、次が女の子で四つ、その下が男で二つであった。家はS市から一時間ばかり汽車で行く町に一軒をもたせた。

もっとも、お梅にそんなに長い間わからなかったのは理由のないことではない。第一に彼女は亭主の宗吉を自分の思うままになる男だと高をくくっていた。顔や性格から考えても、とても女ができる男ではないと思っている。誰の眼にも、この亭主は女房の下にしかれている男としかうつらなかった。

それから商売のほうが繁盛し、八年間には、オフセット機械四截判《よんさいばん》を二台も据えることができた。念願どおりに下請け仕事を断わり、宗吉自身が直接に得意先をまわるようになった。これは一度、外交員を置いてつかいこみされたのに懲りたからだ。宗吉は近在の得意はもちろん、ずいぶん遠い土地まで足を伸ばして、酒や醬油《しょうゆ》の醸造元からラベルの注文をとってきた。今までの下請け時代よりずっと儲《もう》かった。それが外に泊まれる便利となった。

便利といえば、集金の金から、菊代のほうに生活費を出すことが自由にできた。女房への口実は、先方が支払いを延ばしたとか、金が焦げつきになったとか、値引きされたとか、いくらでもあった。

月に二三度は泊まる宗吉を、菊代はよろこんで迎えた。女房にない色気をこの女はいつまでも持っている。皮膚は彼が〝ちどり〟で知ったときと少しも変わらなかった。女房の身体には、とうに脂がなくなっていた。

上の子は利一、なかの女の子は良子、下の男の子は庄二と名前をつけていた。二つになる幼児は別として、上の二人の子は宗吉が行くと「父ちゃん」「父ちゃん」と呼んでまつわりついた。宗吉は必ず子供の好きなものを土産にもっていく。子供の顔は宗吉よりも菊代に似ていた。宗吉がそう言うと、

「あら、そうかしら。わたしはあなたにそっくりだと思うのだけど」

と、菊代は食膳《しょくぜん》に宗吉の好きな刺身の皿などならべながら、子供たちの顔をちょっと検《あらた》めるように見て笑うのだ。宗吉は満足して、子供の口へ刺身を箸《はし》で入れなどして、幸福な父親になりきっていた。

八年間、よくもだましおおせたものだ、とことが露見したとき、お梅はどなったが、まったくそのとおりであった。いや、思わぬ変化が起こらなかったら、そのままの状態で、もっと長く女房にかくせたかもしれない。

不測の事故は、近所から出た火のために類焼というかたちでまず現われた。家も機械もことごとく焼かれた。まさかと思っていたので、保険の掛け金も少なかった。貯蓄をはたき、やっと小さな家と機械一台を買えたのが精いっぱいであった。

次には近代設備をした大きな印刷会社がその市にできたことだ。技術も優秀だった。旧《ふる》い型の職人の技術しかない宗吉の印刷がその競争に負けるのは、とうぜんであった。

彼の商売はしだいに転落した。

ふたたび下請けにかえるところまで凋落《ちょうらく》したが、そうなるとほかの印刷所は彼に冷

酷だった。前の下請けの時に出していた注文品の得意先を宗吉が直接に行ったために ずいぶん荒らされている。それを憎んでいるから、こんど困って宗吉が頭を下げてま わっても、どこも相手にしなかった。

宗吉はあせった。その焦燥のおおかたは、今までのように菊代に生活費を出してや れなくなったことだ。そのうえ、金が窮屈になったから、お梅が家計に目を光らせて、 融通が少しもできなくなった。

「どうしてくださるのよ。あんたと奥さんはいいかもしれないが、わたしたち親子四人は干ぼしだわ」

宗吉があやまりに行くと、菊代は眉毛《まゆげ》の間に皺《しわ》を立てて苦情を言った。この抗議を きくのが宗吉には何より辛《つら》かった。そのつど、なんとか工面してきた金を置いては、 なだめて帰った。

しかし、その工面のできる間は、どうにか小康が保たれた。破綻《はたん》は、いよいよ千円 の金も運べなくなったときからである。

「わたしは、あんたにだまされた」

と、女は怒りだした。今まで見なれた愛想のいい顔からは想像できなかった。

「大きなことを言って何よ。八年間、わたしはあんたのおもちゃになっていたような ものだわ。わたしは、あんたのような男にくっついたばかりに、とんだ不幸な目に会った」

いったい、これからどうしてくれるかと迫った。しかし、菊代の家には、タンスや三面鏡や電気洗濯機、冷蔵庫、蓄音器などが相変わらず置かれてあった。手入れのい い女だけに、品物は新しい。タンスの引出しの中には、数々の衣類がまだしまってあるに違いない。ことごとく彼の買ってやったものだ。苦しい時はおたがいだ、なぜそんな品を質入れするか、売り払わないのか、という言葉は宗吉の咽喉《のど》までこみあげてくることがあるが、それが、どうしても吐けなかった。弱々しい眼で、言いわけする結果にしかならなかった。

女の不機嫌を見ることと、言いわけしなければならぬ辛さに、宗吉の足は菊代の家からしだいに遠ざかった。ともかく、行かないでいる間は、その責苦から一寸遁《いっすんのが》れすることができるのだ。だがそれは自分の手で眼隠ししているようなもので、少しも気休めにはならない。いつ、どんなことになるかという不安からは、瞬時ものがれることはできなかった。

商売のほうは、いよいよだめで、金は手づまるばかりであった。

三

菊代が三人の子を連れて、宗吉の家に乗りこんできたのは、夏の夜のことである。はじめ宗吉を外に呼びだして、不実をなじった。

「このまま捨てるつもりでしょう。そうはいきませんよ。そんな約束であなたの世話になったのではありませんからね。とにかく今夜は、わたしら四人の生活のたつようにしてください」

菊代はワンピースに下駄《げた》をはき、二つになる庄二を背中に負っていた。七つの利一と四つの良子は母親の傍らに両方からくっついていた。

「そんなことを今、言ってきても困る。明日行って話すから、今夜は帰ってくれ」

宗吉は汗を出して必死に菊代をなだめたが、彼女はきかなかった。あんたが来る来るというのは、あてにならないと言うのだ。一時間近くもそんな押し問答をした。蚊がかむので背中の子は泣きだしてやまない。

「あんた、そこで何をしているの？　話があるなら、家の中でしなさいよ」

背後からとつぜんにお梅の声がかかった。いつ、そこに来ていたのかわからなかった。宗吉は足がふるえた。動悸《どうき》が打って、舌がしびれたように口がきけなかった。できるなら、この場からにげだしたい。こういう場面は予想しないでもなかったが、あんまりとつぜんな来かたなので、己れを失った。

家の中にはいると、二人の女は思ったより平静であった。菊代はワンピースの膝《ひざ》を包むようにきちんとすわって切り口上の挨拶《あいさつ》をお梅にした。

「奥さん、わたしは宗吉さんのお世話になっていました。申しわけございません。奥さんには、このとおりお詫《わ》びいたします」

興奮もせず、顔色も変えていなかった。その覚悟でここまで出てきた、といわぬばかりであった。もとより口の達者な女だった。それからいっさいのことを打ちあけた。打ちあけたというよりも説明している言い方に近かった。まるで今後の自分たちの始末を迫るため、詳しく経緯《いきさつ》を述べているようにみえた。

お梅は浴衣《ゆかた》の懐をはだけて、ゆっくり団扇《うちわ》を使って風を入れていた。骨っぽい皮膚がのぞいていた。そう、とか、へえ、とか短い受け答えをするだけで、光った眼をときどき傍らに頭を抱えている亭主の方に向けた。こんな時、女房は泣きだすか、喚《わめ》くかと思っていた宗吉は、お梅が案外におとなしいので、安心もし、こわくもあった。

彼女は菊代の話を鼻の先で聞きおわると、

「その子供は、三人ともうちの子かね？」

ときかえした。背中の子は足の先を畳に垂らし、首を投げて寝入っていた。上の男の子と女の子は母親の身体にすりよって、恐ろしそうにお梅を見つめていた。

「そうです。間違いなく宗吉さんの子です」

菊代は疑われでもしたように、昂然《こうぜん》と顔を上げて言った。

「上の子は、いくつかね？」

お梅は雇い人に言うように、横柄な態度を露骨にわざと出していた。

「七つです」

菊代はお梅の陰気な敵意を感じとって、投げつけるように答えた。

お梅は、ふん、と言った。それから宗吉の方を向いて、はじめて尖《とが》った声を出した。

「あんた、八年間もようもわたしをだましおおせたね。こんな女を囲うような身分にいつから、なったのかい？」

とつぜんに宗吉の頬が鳴ってしびれた。それで堰《せき》を切ったように、お梅の手がつづけさまに彼の頭や顔に殴打を加えた。宗吉は両手を突いてこの打擲《ちようちやく》をうけていた。菊代はそれを傍観し、二人の子はおびえた泣き声をあげた。

その夜は、話の決着がつかなかった。お梅は、あとのことは、宗吉が勝手に始末をつけるだろう、と相手にならなかった。

「うちには金は一銭もないからね。あんたがよそから借りてくるなり、泥棒するなりしてこの女のかたをつけるんだね」

と、亭主に言った。

「ひどいことを言うね、奥さん、あたしゃ淫売《いんばい》じゃないよ」

菊代がお梅に突っかかった。女同士の口汚ない争いが始まったが、宗吉は、一言も口がきけない。青い顔をして、おろおろするばかりであった。

「どうしてくれるの、あんた。男ならなんとか言ったら、どう？」

菊代は宗吉にたたみこんだ。宗吉がお梅の前で言える道理がなかった。ワイシャツ一枚の背中は水を掛けたように濡《ぬ》れていた。薄くなった髪が打擲に乱れたままで、頭の真ん中の禿《は》げたところがあわれに赤かった。顔も首筋も汗がふき出て流れていた。

話はいつまでも空回りするだけであった。心配して起きていた二人の子も畳の上に寝てしまった。気づくと十二時を過ぎている。三人も今は疲労した。

「今晩はもう帰る汽車もないからね。ここに泊めてもらいますよ」

菊代は、眼をぎらぎらさせて言った。

顔色を変えたのは宗吉だった。彼はお梅の顔をうかがうように見た。が、お梅はぞんがいに平気であった。

「ああ、いいよ。あんたは、そっちで寝なさい」

そっと指さしたのは、次の板の間であった。階下は仕事場を広くとっているので、四畳半のこの座敷と、三畳ぐらいの板の間しかない。その板の間も、隅には印刷インクの缶や紙が積みあげてあった。

お梅は、さっさと押入れから夏蒲団《なつぶとん》を出して敷き、四畳半に蚊帳《かや》をつりはじめた。さすがの菊代も板の間に子供を抱えて追いたてられた。

「あんた、蚊帳を貸しなさい」

菊代は宗吉に言ったが、返事はお梅がした。

「うちは夫婦者だからね。あいにく、蚊帳は一つしかないのでね」

菊代はお梅を睨《にら》んだ。

四

菊代は、板の間に起きたまま眠ることができない。茣蓙《ござ》を一枚、ようやく貸してもらって敷いたのだが、身体が痛くて、横になっていられなかった。子供たちは疲れたものか、よく眠っている。それに蚊が群らがってきた。だだっぴろい仕事場の暗い所からおびただしい蚊が羽音をたててやってくるのである。菊代は寸時も団扇を動かすことをやめることができなかった。

眠れないのはそれだけではなかった。彼女の耳は萌黄色《もえぎいろ》の蚊帳の中の動静から離れなかった。それはここと畳三枚と隔たない距離にある。男と女の小さな話し声や咳《せき》が、神経を苛立《いらだ》たし、聞くまいと努めても、鋭い針のように突きささってくる。ときどき、ぴたぴたと身体をたたくような音が聞こえた。

萌黄色の蚊帳は、電灯を消しても、うす明かりで内の白い蒲団をぼんやり透かせて見せた。菊代の半開きの眼は、無意識にそれを覗《のぞ》いた。もとより茫《ぼう》と白いものしか見えないが、それがたびたび動く。菊代は自分のところへ来たときの宗吉の動作を思い浮かべて、眼は冴《さ》えるばかりであった。

蚊帳が一枚しかなければ、せめて子供だけでもいっしょに入れさせたらどうか。菊代は女房にすくんでいる宗吉のふぬけた格好に今さら腹が立った。夫婦は悠々と蚊帳の中に太平楽に寝ている。それも何をしているかわかったものではない。自分たち親子は板の間に寝せ、蚊の群らがるのも知らぬげである。いや、知らぬのではない、お梅がちゃんと肚《はら》に入れてそうしているのだ。それで親子四人に復讐《ふくしゅう》しているつもりであろう。

お梅のその仕打ちの意図は、宗吉のほうがまだよくわかっていた。ずっと以前、まだ宗吉夫婦が渡り職人として各地を歩いていた時だ。ある土地の印刷所の二階で寝せられたが、蚊帳の用意がなかったものか、蚊の多い夏の蒸し暑い夜を蚊帳なしで過ごしたことがある。ああ、早く一軒もって、蚊帳をつってゆっくりと寝たいね、とお梅が言ったものだった。その時の苦痛を思いだして、彼女は菊代に仕返ししているのだ。

宗吉は起きて菊代の傍に行くことができない。お梅が眠ったら実行しようと思うのだが、いつも頭を枕につけると、すぐ鼾《いびき》をかくお梅が、いつまでたっても寝息をたてなかった。さきほどから、彼の脇腹や腿《もも》は、痣《あざ》ができるほど抓《つね》りあげられていた。首や頰も爪が筋をひいて血が滲《にじ》んでいる。お梅は泣きもせず、喚きもせず、うすい蒲団の下で、その折檻《せっかん》をした。彼は声を殺してそれに耐えた。菊代に気をかねて、動悸《どうき》ばかりが激しく打つのだ。お梅はうす暗いなかで、眼を燐《りん》のように光らせていた。

「畜生」

と、いきなり板の間から菊代が叫んで起きあがった。足を踏みならして来た。

「おまえたち夫婦は鬼のようなやつだ」

蚊帳のすぐ横で彼女は喚いた。

「それでも人間か。そんなにこの男が欲しかったら、きれいに返してやる。取られぬようにするがいいよ」

菊代の声は咽喉《のど》の奥から発声して異様だった。お梅に言っているのだ。

「そのかわり、この子たちは、この男の子供だからね。この家に置いていくよ」

　お梅は知らぬ顔をして、眠った振りをしている。ごそとも身体を動かさない。宗吉は、どうしていいかわからず、うかつに言葉も出なかった。心臓が苦しいくらい早く打った。暗いところで下駄《げた》を突っかける音がした。宗吉はたまりかねて起きあがろうとすると、お梅の手が強く押えた。

「だまされていたのは、どっちかね。なんだい。甲斐性《かいしよう》なし」

　それが菊代が宗吉に投げつけた最後の言葉である。土間を下駄で鳴らし、がたんと戸口をあけると、下駄音は往来にとびだして走り去った。宗吉は、いよいよ辛抱できなくなって、はね起きた。蚊帳をくぐると、はだしのまま土間にとびおり、戸口に向かった。

　道路に出てみると、どこにも人影はなかった。彼は二町ばかりも駆けてみたが、やはり人の姿は見えなかった。電柱にとりつけた外灯が、光の輪を道にぽつんと投げているだけで、深夜の暗い部分も、明かるい部分も、動いているものは一物もなかった。細い月が意外の大きさで西に落ちていて、涼しい風が吹いていた。

　宗吉は、菊代が哀れでならない。どんなに責められても仕方がないのだ。自分が彼女に与えた八年前の言質が、こんなにも重大な結末をひきおこしたかと思うと、身ぶるいがした。あの時のどうにかなると漠然と考えた無計算な一言が、ついに一人の女を無慚《むざん》に突きおとしてしまった。その後悔と、自分の無力がしみじみとわかった。

しかし、菊代が逃げたことで、妙にどこかに落ちつくものがあった。それは、やっとこれで一つは片づいたという安心なのだ。菊代に逃げられた寂しさよりも、その安心のほうがこの場合、大きかった。

宗吉は、お梅のほうが心配になって、引きかえした。外灯の光の輪の中には、蚊が群れて舞っている。自分の家の前まで来ると、外側の硝子《ガラス》戸は、意外にも内側からの灯をうつしていた。

宗吉は、お梅が何をはじめたかと思って、こわごわと中にはいった。お梅は、電灯をつけて板の間に立っていた。そこには三人の子が、母親のいなくなったのも知らずに足をひろげて眠っている。お梅は電灯をつけて、上からじっとそれを見おろしているのだ。その横顔の凄《すご》さに宗吉は思わず唾《つば》をのんだ。

「これは、あんたの子かえ？」

宗吉が来たのを知って、じろりと彼に眼をくれた。光線の加減で、瞳《め》の片方が、ぴかりと光った。

宗吉が返事ができないでいると、

「似てないよ」

と言いすてるなり、電灯のスイッチをぱちんと捻《ひね》って、さっさとひとりで蚊帳をはぐってなかにはいった。

五

昼すぎ、宗吉は三人の子を連れて、菊代の家に行った。彼が自分で行ったというよりも、お梅が行かせたのだった。

「わたしは他人が産んだ子はよう育てんからね、この子供たちは、あんたがあの女のところへ返しておいで」

お梅はそう言った。仕方なく宗吉は二つの子を負い、上二人の子の手をひいて汽車に乗った。子供たちは自分の家に帰るというので急に元気づいている。

菊代の家に行ってみると、戸締まりがしてあった。顔見知りの隣りの人に聞くと、今朝、運送屋を呼んで荷造りしたものを運びだし、菊代は故郷に帰ると挨拶《あいさつ》していったと言う。

「へええ、旦那《だんな》さんは知ってることとばかり思っていたがね」

隣りの人は、子を背負ったり手をひいたりしている宗吉の奇妙な風体を、じろじろと見た。宗吉は逃げるように帰った。

菊代の故郷というのは東北だった。本当に帰郷したのだろうか。それとも別な土地に移ったのか。どっちにしても、運送屋を調べて突きとめるだけの気力は宗吉にはなかった。

もの心ついている七つの利一は、また元の家に帰るというので、しょげてしまっていた。

「お母ちゃんはどこに行ったの？」

ときいた。

「お母ちゃんは用があってよそに行ったのだ。それまでお父ちゃんの家で遊んでいるのだ。いいかい。おばさんの言うことをきいておとなしくしているんだよ」

宗吉が言うと、利一はそれ以上きかなかった。眼が青く澄み、皮膚が薄く、痩《や》せて、頭ばかり大きい子であった。

宗吉は汽車の中で菓子を買って、子供たちに与えた。その食べている三人の顔をつくづく眺めた。お梅の言った言葉を思いだしたのである。なるほど今までは菊代に似ているとだけ思っていたのが、こうして見ていると自分に似たところが少しもないことに気づいた。

これははたして、おれの子であろうか、宗吉はかすかな疑念が起こった。これまでは思ってもみなかったことである。もしおれでなかったら誰であろう。上の利一が菊代の腹にはいったときは、彼女と最初の交渉のあった直後という計算だった。あるいは、という疑念が、ここに突きあたる。彼を〝ちどり〟に連れていった印刷外交員の石田の顔が浮かんだ。

石田は〝ちどり〟の馴染客《なじみきやく》であった。菊代との仲を疑えば疑えぬことはない。石田はその後、ぱったり宗吉の前に姿を見せなくなった。もっとも、宗吉が下請け仕事をやめたので、印刷所とは縁が切れたせいでもあったが。それなら下の二人の子はどうか。これは彼が菊代を一軒の家に囲ってからできた子供たちである。その家は汽車で一時間もはなれた土地にあった。それも彼がしじゅう行ったのではない。月に二三度、泊っていたにすぎない。菊代と石田の交渉がつづいていれば、どのようにでも宗吉の眼を掠《かす》める時間はあるはずであった。……

宗吉は子供の顔を子細に点検するように見た。眼つき、鼻の格好、口もと、顎《あご》のあたり、ことごとく菊代に似ている。菊代は、いつぞや利一の幼いときに、この子はあなたに似てるわ、と言ったが、こうして見ると、自分に似ているところがあるとは思えない。あの言葉は、こっちをごまかすための策略であったか。しかし、さりとて石田に似ている面影も見当たらなかった。結局どうとも判じかねる。

だが、お梅が電灯をつけて子供の顔を上から眺め、この子はあんたの子かえ、似てないよ、と吐きだした一言は宗吉にこたえた。あれは女の直感ではなかろうか。彼が気づかないものをお梅は見破ったような気がする。

宗吉は三人の子を連れて、また戻った。お梅は、その姿を見るなり、眼を光らせて、

「どうしたの？」

ときいた。宗吉が、ありていを言うと、

「いいざまだね。よその子をしょいこんだりして。あの女のほうがあんたより一枚も二枚もうわ手だね。あたしゃ、そんな子の世話はごめんだからね」

と言った。

お梅は、それから顔を見る人ごとに、子供のことを言いふらした。

「この子は、うちの二号さんの子ですよ。呆《あき》れたもんだね、女房が紙さしをしたり、打抜きをしたりして、真っ黒になって働いているときに、ちゃんと二号を囲っていたんですからね。それもうちの子か、誰の子かわかりゃしない」

吹聴《ふいちょう》にも、露骨な感情がこもっている。はじめて聞く者は眼をまるくし、受け答えにたじろいだ。彼女の言葉は相手かまわず遠慮がなかった。雇っている二人の通いの職人にも隠すところがない。

三人の子は宗吉が面倒をみなければならなかった。上の利一は青白い顔をして、あまりものを言わなかった。この子にもうすうすようすはわかっているのであろう。二階の紙倉庫になっている薄暗い六畳ばかりの間にはいって、破れた紙に鉛筆で絵のようなものを描き、一日じゅうでも下に降りてこなかった。四つになる良子が、あまえ

ているといえば、いちばん宗吉にあまえていた。髪が赤く縮れているところも母親似である。父ちゃん、父ちゃん、と仕事をしている宗吉にまつわった。着たなりの赤い花模様のワンピースは汚れているが、着がえを買うのもお梅に宗吉は気をかねているから、洗濯もできない。この子は来てから一度もお梅に「おばちゃん」とも言わなかった。けわしい表情をしているお梅からは逃げている。

「上の男の子は、大きな眼ばかり光らして、いけすかないやつだ」

と、お梅は利一を激しく憎んだ。二階に紙を取りにいったお梅がどなっている声を、宗吉は身体をかがめて仕事しながら下で耳をすませた。打つような物音はしても、利一の泣く声は一度も聞こえなかった。

お梅は良子をその髪のことからちぢれと呼び、二つの庄二をがきと呼んだ。庄二はよちよちと歩いてお梅の足の進路に突き倒され、泣いてばかりいる。

お梅はヒステリーになって宗吉に当たった。尖《とが》った顔に眼をさらに吊《つ》った。薄い眉《まゆ》毛《げ》だけに、吊りあがった眦《まなじり》は、歌舞伎役者のようである。彼女の圧迫から、庄二の泣き声が家じゅうにひびくと、宗吉は頭が割れそうであった。

「旦那も、お気の毒ですね」

わざと知らぬふりをして仕事台にかがみこんで動かぬ宗吉に、雇いの職人が小さい声で言った。

庄二が病気になった。なんの病気かはじめはよくわからなかった。元気がなくなって、細い声で泣いてばかりいる。唇は蒼《あお》く、瞳《ひとみ》はぼんやりしてあまり動かなかった。

「かわいいあんたの子だからね、よくみてやりなさいよ。あたしには世話はできないよ」

と、お梅は宣言した。言うまでもない、彼女が介抱しようとは宗吉は塵《ちり》ほども思っていなかった。

庄二は食欲がなかった。宗吉は自分でお粥《かゆ》を鍋《なべ》で炊き、布でうら漉《ご》ししてのませたが、すぐに吐いてしまう。体温計ではかってみたが熱はなかった。便は草のように青かった。

医者を呼んだ。

「栄養失調ですね、腸も悪くなっています」

医者が宗吉に言ったので、彼は赤くなった。後ろめたさが顔に出た。日ごろから届かない子供の世話を医者に指摘されたような気がした。

医者は注射を打ち、手当ての方法を言って、薬を置いて帰った。

だが、その手当てを宗吉は充分にしたとは言いきれない。子供の傍に長くついていてやることができなかった。仕事と両方だから仕方がないのだ。それに、少しでも時間をかけて子供の手当てをしていると、お梅が不機嫌な顔ではいってきて、彼を仕事場に追いたてた。

庄二はいつまでも快くならなかった。弱い声を出して、ひいひいと泣く。もはや火のつくような大きな泣き声はきかれなくなった。口をあけて、はあはあと犬のような息をつづける。温めて飲ませた牛乳は、口の端から噴き出るように枕に吐いた。

庄二は三畳の間に寝かせておいた。日光の射さない暗い部屋で、日ごろはがらくたの荷を置いてある物置のかわりであった。宗吉は仕事をしている時に、ふと不安になることがある。こうしている間にも、お梅がその三畳に行って、何かしているのではないか、という不安であった。

宗吉の石版に書いている油墨のついた猫毛の細い筆先がふるえた。削針《そぎばり》をもった指が思うように動かない。宗吉はたまりかねてとんでいった。誰もいない。暗いところで庄二が間欠的に小さな泣き声を出して横たわっているだけであった。そんなことが何度かあった。

庄二は日が経つにつれて痩せていった。吸う息も吐く息も弱い。時には、眼をあけて瞬《まばた》きもせず天井を見つめていることがあった。天井は古くて煤《すす》けているうえに、暗いので何も見えない。

ある日、宗吉は版の上にローラーを両手で転がしている時に、また例の不安が起こった。お梅は、と見ると、印刷用の紙を縦にしたり、横にしたりして揃えている。それで一度は安心した。が、また落ちつかなさが返ってきた。

宗吉は三畳に足早に行った。寝ているはずの小さな顔がそこになかった。蒲団《ふとん》だけがもりあがっている。宗吉は声をのんだ。うす暗いところに眼をさだめると、庄二の顔の上に古毛布がくしゃくしゃになって落ちていた。毛布は重々しい皺《しわ》をつくっている。それはいかにも子供の顔の上にばさりとかけたという感じであった。

宗吉は、いそいで毛布をとりのけた。庄二の小さい白い顔が出てきた。首を振らない。声も出さない。陶器のように固定していた。

宗吉は庄二の顔を手で揺すぶった。ぐらぐらと揺れるが、自分の力では抵抗がなかった。眼を指であけてみたが、瞳は動かなかった。息が止まっていた。

宗吉は毛布をあわてて隅に投げた。古い粗悪な毛布で、手に持っただけで重みがあった。いつも積んである行李《こうり》の上にカバーのように蔽《おお》っていたものだった。それがずり落ちて、庄二の顔の上にかかるとしても、少し距離があるのだ。その不自然が宗吉をあわてさせ、毛布を隅に投げさせた。この毛布で庄二の弱い息がふさがれたことは明瞭《めいりょう》であった。宗吉はひとりでに駆けだして医者を呼んだ。

医者は死亡診断書をかいた。病みおとろえたこの子の死に、医者は疑問をもたぬようだった。宗吉は安心した。

「これで、あんたも一つ気が楽になったね」

と、お梅は宗吉に言った。眼もとにかすかな笑いを見せた。近ごろめったにないことであった。

いったい、あの毛布は行李の上からどうしてすべり落ちたのであろう。今まで一度もなかったことが急に起こるはずはなかった。かりに落ちたとしても、庄二の枕もとから三尺ぐらいは離れたところに落下すべきであった。

宗吉は、それをしたのは女房だと思っている。何一つ、証拠はない。しかし、人がしたとすれば、お梅よりほかないのだ。だが、彼はお梅にはそれを口に出して言えなかった。証拠がないためだけではなかった。彼の心には、この結果、一息つくひそかな安らぎがあったからである。

実際、二つの庄二をこのまま育てなければならぬ厄介を思うと、いっそ死んでくれたほうがよかった気がした。はっきり言えば、助かった、という安堵《あんど》が宗吉にした。それから、この意識がいつとなく彼の知らぬ間に増長した。

子供の死んだ夜、お梅は、はじめて宗吉に挑んだ。菊代のことがあって以来、絶えてないことである。それも、お梅は異常に昂《たか》ぶっていた。

おかしなことに、彼女は身体を執拗《しつよう》に宗吉に持ってきた。これも今では彼が覚《おぼ》えていないことだった。彼は知らぬことを知らされた思いがした。彼は興奮して溺れた。二人の心の奥には、共通に無意識の罪悪を感じていた。その暗さが、いっそうに陶酔を駆りたてた。そして、その最中に、お梅は宗吉にあることの実行を迫った。宗吉は、うなずかないわけにはいかなかった。

六

宗吉は、良子を連れて汽車に乗った。赤い縮れ毛のこの子は、宗吉にいちばんなついている。この土地から東京まで急行で、三時間はたっぷりかかった。汽車の中では、アイスクリームや菓子を買ってやった。長い汽車に乗れるので良子は喜んでいた。

「とうきょう、まだまだね?」

ときく。ものをきくときに顎《あご》をひいて、額ごしに見るところは、母親の菊代そっくりであった。すべて母親似というところに、この子の不幸があったのかもしれない。宗吉は、自分の面ざしも石田の顔の名残りも、この子に見つけることはできなかった。菊代がどこまでも狡《ずる》く隠しているような気がした。

「良子、おまえ、父ちゃんの名前が言えるかい?」

宗吉は試すようにきいた。

「父ちゃんのなまえ、父ちゃんだろ」

四つの良子はどこか媚《こ》びるように言った。

「じゃ、おうちはどこか、所の名前を知っているか？　よそのおじさんにきかれたら、なんと言うのかい？」

「よしこのおうちね、かみがいっぱいあるおうちという」

宗吉は少しうろたえた。紙がいっぱいあるのというのは印刷屋のことを言っているのだ。が、これだけでは他人にはわかりはしないだろう。宗吉は煙草を吸った。前の座席にいる中年の女が、鼻に皺をよせて笑いながら、良子に南京豆をくれた。

「ありがと」

と、良子はお頂戴《ちょうだい》をして、父親の顔を見た。

「お利口ちゃんね。どこへ行くの？」

と、女はきいた。

「とうきょう」

「そう、いいわね。どこから汽車ぽっぽに乗ったの？」

良子は宗吉の顔を見上げた。宗吉は煙を吐いて、吸殻を捨て、靴で踏みにじると、腕をくんで眠る格好をした。向かいの女はそれ以上、質問してこなかった。

宗吉は誰とも良子と話す機会《おり》をつくるまいと思った。彼は東京駅で降りた。駅の内は人が混んでいた。しかし、まだそこで実行する気にはなれなかった。あんまり早すぎるようだった。

都電に乗って数寄屋橋《すきやばし》のところで降りた。それから銀座《ぎんざ》を良子の手をひいて歩いた。思いのほか銀座は人の歩きが少なかった。いざそれを実行しようと思うと、あんがいに群衆の密度が疎《まば》らであることを知った。

銀座から新橋《しんばし》を歩いた。新橋はもっと人が少なかった。良子はもの珍しがって、よそ見ばかりしている。その機会を狙えば、狙えないことはなかった。が、容易に決心がつかなかった。すぐ誰かに素振りを気づかれそうであった。

新橋からまた銀座に戻り、京橋《きょうばし》の方に歩いた。結局、どこにも、その場所はなかった。良子は歩き疲れて、腹がすいたと言いだしたので、宗吉はデパートの食堂に連れていくことにした。

エレベーターで六階に上った。食堂は混んでいた。良子は相変わらず、眼をきょろきょろと周囲に移して、椅子の上にじっとしていなかった。ほかの子はみんな手に三角形の小さい旗を持っている。象の絵がついていて、良子は欲しそうな眼をしていた。屋上に子供の遊び場があって、そこで貰《もら》えるものらしかった。

「良子も旗がほしいかい？」

と言うと、うん、と言った。

「じゃ、あとで貰いにいこうな。上には、お猿さんや熊さんがいるよ」

「おサルさん、ほんとにいるの？」

良子は眼を輝かした。宗吉は、この子が猿も見ていないことに気づいた。菊代のところにいるときは、一度も外に連れていったことがなかった。良子は急に饒舌《じょうぜつ》になった。運ばれてきたちらしずしをうまそうに食べた。

屋上に上がると、小さな動物園があった。暑い陽ざかりで、猿は日陰にかたまってすわっていて、四五匹だけが木の枝を仕方なさそうに歩いていた。

良子も、ほかの子供といっしょに猿の檻《おり》を見ていた。手には貰った小旗を持っている。よごれたワンピースが目立った。

宗吉ははじめて、その場所を見つけたと思った。彼はかがむと、

「父ちゃんは、ちょっと用事があるからね、ここで待っておいで」

と言った。良子は、うん、と返事をした。眼はやはり猿を見上げたままであった。

彼はそこを離れた。屋上から下に降りる入口で振りかえってみたとき、どういうつもりか、良子がこっちを向いていた。強い陽射しで顔は真っ白であった。髪の毛だけが燃えているように赤い。彼は少しあわてたが、それなりに後も見ずにエレベーターに乗った。

一階に降りて、出入口に歩いている時、店内から女の声で、迷い子のアナウンスが聞こえた。宗吉は、ぎくっとなったが、それは男の子だった。

宗吉は汽車に乗っている間じゅう、窓の方ばかり向いていた。来るときと同じ景色が逆に流れてくる。あれは、おれの子ではない、と彼は心に言いきかせていた。家にはいると、宗吉が一人だけなので、お梅は顔に薄い笑いを浮かべた。

その夜も、お梅は宗吉に自分から身体をもってきた。一人の始末がつくごとに、この女は興奮して燃えてくる。

「これで、あんたも、だいぶん肩の荷が楽になったね」

とささやいた。

そうだ。たしかに気は楽になった。女房の不機嫌と、子供の気重な存在からの解放感は、切実にあった。

人には、良子を実の母親の所へ返したと吹聴《ふいちょう》した。

しかし、もう一人、残っている！

七

利一を、お梅はいちばん嫌っていた。

「気味の悪い子ね。大きな眼をぎろぎろさせて、何を考えているかわからない」

と言った。

そういうところは確かにあった。頭が身体のつりあいより大きく、血の色の薄い皮膚に、大きな眼を光らせているところは、どこか奇型の子を思わせた。眼がきらきらしているというのは、白眼の部分が多いからだ、その白眼も薄い青味がきれいに透いていた。

この子は、二階の紙の置場で一日じゅうでも遊んでいた。そこには紙の破れが散っている。白い紙のほかにも、刷り損じの紙もある。利一は、その紙に鉛筆で絵を描いていた。絵にはなっていない。丸や線が滅茶滅茶《めちゃめちゃ》に走っているだけだ。それでも彼は、何かの形を描いたと思っているらしく、少しも飽きるふうがなかった。

紙だけではなかった。裏には使えなくなった石版の石が捨ててある。石版用の石は、不用の版を落とすために、金剛砂をかけ、磨石《みがきいし》で擂《す》るのである。そのため、しだいに厚さが薄くなり、割れてしまう。裏は、くぼ地になって雨が降ると水が溜《た》まるから、お梅は二つにも三つにも割れたこの石版の石を、さらに割って、ほかの石と混ぜて低くなった個所に埋めておいた。利一は、この石の破片を拾ってきてそれに鉛筆で描いた。

石は滑らかだから、よく鉛筆が滑った。水で洗えば消えるから、それが面白いとみえ、紙のほかに、この石にも何やら一心に描いた。

この子は、そんなことに執着をもっていた。外には、めったに出ない。階下にもあまり降りてこなかった。子供心にも、お梅と顔を合わさないようにしているらしかった。

「あの子は、根性が悪いよ」

と、お梅は宗吉に告げた。

「あの子の母親そっくりだね」

二階に紙を取りにいっても、暗いところであの子がぎらぎら眼を光らせて、こっちを睨《にら》むのを見ると、身がすくむようだとも言った。

「癪《しゃく》にさわるから、ひっぱたいてやるが、どんなにされても、泣き声一つあげないからね。しぶとい子だよ」

宗吉は、黙って聞いた。お梅の折檻《せっかん》を自分がうけているようだった。じりじりと彼はある予感に追いこまれた。

ある晩、お梅は宗吉の耳の横で言った。

「あの子は、良子のときのように、うまくいかないね。七つにもなれば、この土地の名と自分の名前は人に言えるからね。捨てても、すぐ帰ってくるよ」

いつまでも、あの子をここに置くのは我慢がならないと言うのだ。あんたはいいだろうが、自分は辛抱ができない。早く、かたをつけてくれと迫った。

どうすればいいのだ、と宗吉は反問した。予感がいよいよ現実になった。心がふるえていた。

お梅は小さい紙包みを出して見せた。なかをあけると、白い粉がおさまっている。風邪をひいたときに飲むアスピリンのようだった。

「この間、銅版屋が少し持ってきたのでね」

青酸カリだと、お梅は声を低めて言った。宗吉が蒼《あお》い顔になると、お梅は教えるように言った。

「心配しなくてもいいよ。一ぺんに飲ませるとわかるけれど、少しずつ飲ませてやるんですよ。だんだん身体が衰弱してくるので、病気としか思えないらしいね。大丈夫、人に気づかれることはないよ」

白い粉が宗吉に脅迫を与えた。お梅のつりあがった眼が彼の顔の上に、じっとすわっている。すると宗吉は、こんなことになるのも、おれが悪かったからだと弱い心になった。それに、彼は二つのことをしていると思うのだ。庄二の顔に毛布を落としたのは彼ではなかった。しかし、その曖昧《あいまい》さが、良子を捨ててきたことで、行為の意識を、それまでもかぶらせてしまった。彼の消耗した頭の中は、両方とも自分がやったような錯覚になった。つまり、彼がお梅の発意に同意する経過には、庄二と良子の二つの階段をのぼってきた心理があった。それから彼は、もう、なんでもいいから、解放されることをねがっていた。

お梅は饅頭《まんじゅう》を買ってきた。

「わたしでは、あの子はだめだから、あんたやりなさい」

と、宗吉に出した。一つだけだった。彼はそれをうけとった。お梅はさっさと傍を逃げてしまった。彼は、いつまでもその白い饅頭を掌《てのひら》にのせていた。

彼は二階にゆっくり上った。階段の軋《きし》る音が、この時くらい高く耳についたことはなかった。

「利一」

と呼ぶと、彼は暗い隅で頭を上げた。

「何をしているかい?」

「うん」

と言っただけで、利一は説明しなかった。紙を横に散らしていた。薄暗い中で、子供の眼は光った。横の窓から射す細い光線の具合とはわかったが、なるほど、これはお梅が気味が悪いと言うはずだと思った。

「どうだ、饅頭をやろうか?」

宗吉は手に持った白い饅頭を出した。

「うん」

利一は、さすがにうれしそうにそれを取った。

宗吉は、利一がそれを口にもっていくのを、息をつめて見た。逆光線はこの子の顔の半分の輪郭に当たっている。この子は、おれの子ではないな、と彼は心の底のほうで力んだ。

とつぜん、利一が饅頭を吐いた。宗吉は、はっとなった。

「きらい」

利一は、吐いた理由をそれだけ言った。

宗吉は、餡《あん》に入れた青酸カリの味が利一にわかったのだと思った。神経質な子だけに、さといな、と思った。力が抜けた。ほっとしたのだ。

二階から降りかけると、階段の下でお梅が様子を見るように覗《のぞ》きあげていた。宗吉は、食いかけの饅頭を見せて上から首を振った。

八

お梅は諦《あきら》めなかった。彼女は、こんなことを言いだした。饅頭に入れたのは失敗であった。もっと餡の多い菓子にしたら、味はわからないのだ。それに、家の中で食べさせると警戒するかもわからないから、外で食べさせたらいいに違いない。この辺では知った顔が多いから、東京に連れていってくれ、と言うのである。

晴れた日、宗吉は利一を連れて東京に来た。前の良子の時に懲りたから、場所ははじめから考えていた。それは上野《うえの》公園だった。

宗吉は、もうお梅からのがれられないと覚悟した。どうでもなれ、と思った。とにかく、早くこの地獄から解放されたかった。

上野駅の前で、最中《もなか》を五つ買った。一つ二十円の上等の菓子だった。餡が厚く入れてあって、外側にはみ出ている。

公園に行って、動物園を見てまわった。猿の檻《おり》の前に行ったとき、宗吉は良子のことを思いだした。良子はどうしているであろう。東京には孤児だけを収容する所があるから、たぶんそこにはいっているに違いない。あるいは誰か知らぬ人がひきとったかもしれない。あの子はそれが仕合わせだと思った。どうせ、おれの子ではないのだ。おれの子ではないから、それでいいのだ。

動物園を出ると、宗吉はなるべく人目に立たないベンチを選んで利一と腰かけた。

「どうだ、面白かったか？」

と、宗吉はきいた。

「うん」

利一は、かすかに笑った。いま見てきたライオンの話も虎の話もしない。顔には少しも血色がなかった。ベンチから垂れた足をぶらぶら振って、青みがかった眼を光らせて、遠くの景色を見ていた。

「利一、最中をやろうか」

と、宗吉は持っている紙包みを見せた。

「ちょうだい」

利一は手を出した。その一つを、むしゃむしゃと食べた。宗吉は、それを見て、こっそり別な最中の餡の中に白い粉を指で入れた。

「どうだ、おいしかったろう？　もう一つやろうか」

宗吉が言うと、利一は首を振った。

「あとでいい」

利一はそう言うなり、ベンチを降りると、ポケットから石をとりだして、白いズックの靴先で石蹴《いしけ》りをはじめた。煙草の箱ぐらいの大きさで、平らな石であった。宗吉は、それが裏に捨ててある石の欠片《かけら》であることを知った。彼は、しばらく利一が片足ずつでする石蹴りを見ていた。

「利一、もう、いいだろう。かえりがおそくなるから、早くここに来て食べな」

利一はそれを聞くと、素直にやめて石をポケットに入れ、宗吉の傍らにきた。

宗吉は最中を出した。あたりを見回したが、遠い所に人が動いているだけであった。

こんども利一は、最中をすぐに口の中に入れた。宗吉は息をひいて見た。利一は、口を二三度動かしていたが、ぺっと唾《つば》といっしょに最中を吐きだした。餡の真っ黒い色が地面に落ちた。

「いや。きらい」

利一は言った。味の変わっているのが、やっぱりわかっていた。

「そんなことはない。さっきはおいしかったじゃないか。さあ、お食べ」

宗吉は、食いのこりの最中を手で奪うと、利一の首をつかまえて、口の中に無理に押しこもうとした。利一は歯を食いしばって顔をそむけ、激しく首を振った。二人は、そんな争いをつづけた。

急に人の足音がしたので、宗吉は手をはなした。通行人が三人、かなり近いところに歩いてきていた。彼らは怪訝《けげん》そうに、宗吉たち親子を見ながら行きすぎた。

宗吉はふたたびそれをする勇気を失った。

彼はベンチに腰をかけたまま、ぼんやりあたりを眺めていた。陽がかなり傾いて、親子の影を長く地面に伸ばしている。木立ちの上にのぞいている博物館の青い屋根に暮色がこもっていた。

「父ちゃん、かえろうよ」

利一がしょんぼり横にすわって言った。その様子は、どこか父をあわれに思い、いたわっているようであった。

宗吉は、はじめて涙を流した。

九

何日か後、宗吉は利一をAの海岸に連れていった。Aには弁財天《べんざいてん》をまつった島があり、海岸から長い橋がかかっていて、この辺の名勝地である。

宗吉は、はじめ水族館に利一を連れてはいって見せた。さまざまな魚を初めて見て、利一はよろこんでいた。

水族館を出ると海岸の方に行った。夏もおわりかけているが、残暑がきびしいので、海にはボートが出ている。

「利一、ボートに乗せてやろうか?」

利一は海の方を見ながら、うん、とうなずいた。強い陽に海面に浮かんだボートは白く光っていた。

宗吉は、貸しボート屋に行って、利一を乗せ、オールを漕《こ》いだ。子供は珍しそうにあたりを見ていた。宗吉は、沖へ向かって出た。

海は凪《な》いでいるが、島をはずれると、かなりの波があった。ほかのボートもこの辺まではあまり来ていなかった。

宗吉が、お梅から受けた計画は、ボートを転覆させて利一を海の中に落とすことであった。宗吉自身はボートに摑《つか》まって助かればよい。不慮の事故で、子供の水死は誰も疑わぬに違いないと言うのだ。

お梅の利一に対する殺意は執念じみていた。宗吉は彼女の呪縛《じゅばく》に身動きできない。上野から二人づれで帰ったときなどは、宗吉はお梅からひどい虐待をうけた。よその子をいつまでもしょっているのだ、もう見るのもいやだから、なんとかしてくれ、とお梅は夜なかに半狂乱で迫った。菊代と関係のあったときのことをこのときも口汚なく罵《ののし》った。これまで数知れないくらい聞かされた悪態であった。宗吉の精神はすりへっている。

沖へ出たので波が高くなった。ボートは揺れた。利一の顔に恐怖が出た。

「父ちゃん。もどろうよ。もどろうよ」

と言いだした。

「よし。かえろう」

ボートを旋回させた。これが宗吉の考えていた位置であった。横波が激しく襲ってきた。ボートは今にもかえりそうに揺れた。利一は眼を吊《つ》っている。

ところが宗吉の心にも恐怖が起こった。彼は泳げないのである。ボートを転覆させて、それに摑まるという芸当はとてもできそうになかった。だから、横波の来ているのを利用してさらにボートを揺すぶる操作は不可能であった。

彼の気持にかかわらず、波は強い力でボートをゆるがした。今は、宗吉もそれからのがれることに必死になれた。オールを懸命に漕いだが、波の勢いは彼の抵抗より大きかった。ボートはほとんどひっくりかえらんばかりに揺れた。宗吉は顔の色を失った。

利一はたまりかねて、大きな声をあげて泣きだした。その声が、いちばん近いところにいるボートに届いた。そのボートはたちまちこちらに向かって援《たす》けにきた。別のボートもその後から来はじめた。

宗吉が、利一を連れて無事に帰ると、お梅は険しい顔をして睨《にら》んだ。

夏がすぎ、秋がきた。

宗吉は、伊豆《いず》の西海岸に利一を連れていった。途中までは汽車で、それから先は、バスに乗った。

バスのなかは、温泉客らしいのが二三人いるだけで、あとは漁村の者が多かった。二時間ばかり乗りつづけて、Mという小さい町に降りた。

ここでは、飲食店に寄って遅い昼飯をとったが、いかの煮つけがおいしいと言って、利一は一皿をみんな食べた。

Mの町から半里ばかり西へ行くと、海岸に出る。秋空に富士山がきれいに見えた。沖合には遠い山がある。

二人は草の上に腰をおろした。よそ目には親子づれで遊びにきたとしか思えない。利一は退屈して、例の石を出して石蹴りをはじめた。宗吉は、その間に立って、草の端まで歩いて下をのぞいた。この辺の海岸は断崖《だんがい》になっていて、上から見ると海の青さが数十丈の直下にひろがっている。二晩前にお梅が計画したとおりの地形であった。

宗吉が下をのぞいていると、利一が寄ってきた。

「父ちゃん、たかいね」

と、利一も下を見て言った。

「ああ、高いだろ」

宗吉は返事した。返事しながら、利一を見て、その姿勢が彼のちょうど狙っているものであることを知って心が冷えた。まだ準備ができていない。利一の背中を突きとばすには、まだ気持の用意がなかった。

宗吉は地形をしらべるように、改めて下を見回した。すると今まで気づかなかったが、三四艘《そう》の漁船が、崖《がけ》の下のすれすれにいることがわかった。その舟がいるかぎり実行はできなかった。仕方なく宗吉はそこで待つことにした。舟は容易に去りそうにない。

十

時が経った。夕陽が海の上に落ちていく。風が出たが、もう肌寒かった。

「まだ、かえらないの、父ちゃん」

と、利一がきいた。

「うん、もう少し、ここで遊んで帰ろう」

宗吉が言うと、利一はそれ以上なにも言わなかった。その辺の草をとって遊んでいた。お梅をいやがらせた眼は、こうして見ると普通のものである。頭は大きいが、手も足も萎《な》えたように細い。皮膚に青白い筋が浮いていた。

この子は、おれの子であろうか、とまたしても宗吉は疑問が起こった。いや、おれの子ではあるまい。眼がだいいち違う。鼻も口も違う。菊代には似ているが、おれに似たところは少しもないではないか。おれの子ではない、おれの子ではない、と自分に納得させた。

あたりは暗くなりかけた。利一は疲れて眠った。宗吉は膝《ひざ》の上に抱き、上着を脱いでかけてやった。子供は小さい鼻に寝息をたてている。羽虫がきて顔にとまると、うるさそうに頸《くび》を動かした。

空は黒くなり、遠いところに、どこかの町か漁村かの灯がかたまって光った。海の色はまったく見えなくなった。風が潮の匂いを運んでくるだけである。

宗吉は、利一を抱いたまま立ちあがった。子供は覚えずに眠りつづけている。その顔も暗くてよくわからなかった。そのほうが宗吉には助かった。

彼は利一を抱いたまま、崖の上に立った。暗闇なので、遠近感がなく扁平《へんぺい》であった。ただ、下の方で波が鳴っているだけである。が、何も見えないところに、下の音だけを聞くのは、かえって上下の距離感がせまった。

宗吉は利一をほうった。暗いので物体の行方は眼に見えない。彼の腕が急に脱けたように軽くなっただけであった。その軽さは、どこか彼の解放感に通っていないか。彼は、瞬間眼をつぶると、背中をかえしてもとの方へ一散に駆けた。

朝、伊豆の西海岸の沖を通っている船が、絶壁の途中にかかっている白いものを発見した。乗組の漁夫が眼をさだめてみると、たしかに人間らしい。船は海岸に接岸した。白いものは開襟シャツを着ている男の子であった。断崖から突き出ている松の根方にひっかかっていたのである。

漁夫は綱をつけて崖を登り、子供を抱いて船におろした。子供は寒さと恐怖で疲労しはてている。乗っていた漁夫六人は介抱した。

子供が少し元気になったところで、とうぜんに漁夫たちは事情をきいた。子供は多くは言わなかった。父ちゃんに連れられてきて眠っている間に落ちたと言うだけであった。その父ちゃんはどうしたか、ときくと知らないと言った。名前や住所をきいても黙っている。年齢は、ときくと七つだと言った。自分の名になると口をつぐんだ。その様子が何かを隠しているようであった。

漁船は、港に引きかえして警察署に行き、顚末《てんまつ》を報告して子供を渡した。

警察でも、漁夫と同じようなことをきいた。どうしてあんなところに落ちたかとたずねると、

「父ちゃんとあそびにきて、眠くなったので眠った。そのあいだに落ちた」

と答えた。そのほかのことは何も言わない。たとえば、

「坊やの名前は？」

「お父ちゃんと、お母ちゃんの名前は？」

「どこから来たの？」

「おうちの所の名前を知っている？」

「お父ちゃんの仕事は何？」

などときいても、一言も言わなかった。顔を横に振らないところをみると、知っているに違いない。知っていて言わないのは、何か深い事情があって、この子はわざと黙っているのだと思われた。あるいは誰かをかばっているのではないかとも想像された。頑固に沈黙をまもりつづけている。

警察署では、この子は誰かに突きおとされたのだと判断した。それで殺人未遂事件として捜査することに決めた。

この子供の服装には特徴はなかった。シャツもズボンもありきたりのものである。品物は粗悪だから中流の家庭以下に育てられている子だとわかった。

持物はいっさいなかった。ただ、ズボンの後ろポケットから、マッチぐらいの大きさの石が出てきた。石は二センチぐらいの厚みで、片方は欠いたような凹凸があるが、片方は扁平ですべすべしていた。

「坊や。いい石を持っているね。なにをするの、これ？」

警察官が石を手にとってきくと、

「いしけり」

と、子供は答えた。青白い顔で、神経質そうな大きな眼をもっている。

「そうか。いいな」

警察官はそう言って、石を机の上に置いた。彼はその石を見のがした。

だが、そこへ印刷屋の外交員が注文の名刺か何かを届けにはいってきた。彼は机の上にのっている石にふと眼をとめると、珍しそうに手にとって眺めはじめた。別な警官が横からそれを見て、印刷屋に声をかけた。

「おい、何を見ているのだ？」

印刷屋の外交員は石を見せた。

「この石です」

「なんだい、それは？」

「石版用の石の欠片《かけら》ですよ」

警察官はその石をひったくった。

警察は町の石版印刷屋に石を持っていった。印刷屋はそれを熱心に見ていたが、かすかに何か白い線のようなものを認めた。これは金剛砂をかけて磨きおとしてない石で、前の版が残っている、と言った。

印刷屋は警察の頼みで、それにアラビアゴムをひき、製版用の黒インクをこすって、消えた版の再現を試みた。石は真っ黒になるだけで、一見して何もわからなかった。しかし、微細な模様の一部らしいものをわずかに認めた。

模様は拡大鏡で子細に点検した。酒か醬油《しょうゆ》のラベルらしく、醸造元と思える名前の一部がようやく判別された。

警察の捜査が、それに拠《よ》って始められた。

（新潮文庫『張込み　傑作短編集（五）』に収録）

本文中には、女工、女中、小僧、淫売、二号、奇型の子、漁夫等、今日の人権擁護の見地に照らして、不適切と思われる表現がありますが、著者自身に差別的意図はなく、また、著者が故人であること、作品自体の文学性を考え合わせ、原文のままとしました。（編集部）

本末顚倒殺人事件

赤川次郎

赤川次郎（あかがわ・じろう）
一九四八年、福岡県生まれ。七六年「幽霊列車」で第十五回オール讀物推理小説新人賞を受賞しデビュー。作品が映画化されるなど、続々とベストセラーを刊行。「三毛猫ホームズ」シリーズ、「天使と悪魔」シリーズ、「鼠」シリーズ、『ふたり』『怪談人恋坂』『幽霊の径』『記念写真』など著書多数。二〇〇六年、第九回日本ミステリー文学大賞、一六年、『東京零年』で第五十回吉川英治文学賞を受賞。

1

「私もできる限りのことはやってみたんだがね——」

佐田《さだ》課長の言葉は、容疑者に自白を促すときと同じ優しさに溢《あふ》れていた。

「はあ」

山尾慎造《やまおしんぞう》はあまり感情を表に現わさない、いつもの声音で答えた。「よく分っております」

「ただねえ……君のようにこの捜査一課に在職二十年になるのに、犯人には逃げられる、証拠は見逃す——いや、それだけならいいが、あのタバコ屋殺しのときは証拠を捨ててしまうし、張り込みをやると居眠りはするし……。私も長く刑事生活をやったが、君のようなのは初めてだよ」

「どうも……」

山尾としても、賞《ほ》められていないのだということぐらいは分っていた。

「君はこの職業に向いとらんのかもしれないな」

と佐田は言った。

「ですが課長……私ももう四十五歳です。今さら仕事を変えろとおっしゃられても……」

「君の気持も分るがね、しかし警察は慈善事業じゃないよ」

佐田の言葉は穏やかだったが、ぐいと山尾の胸に出刃包丁の如く突き刺さった。佐田は椅子にゆっくりともたれて、

「まあ、ともかくさし当りは君のクビもつながった。だがこれ以上何かあったら──」

と、〈何か〉というところに力を入れた。

「私としても弁護し切れんよ」

山尾は肩の力を抜いて息をついた。

「ありがとうございます」

「まあ、私も今さら君に大手柄を立ててくれとは言わんよ」

「恐れ入ります」

「ただ、プラスはなくてもいいから、マイナスもないようにしてくれ。マイナスよりはゼロの方がまだいい」

山尾は言葉に詰った。佐田は続いて、

「本来ならば、二人一組が行動の単位だが君の場合、組みたいという者がおらんのだ。――そこでしばらくは自宅で研究ということにしてほしい」

「あの――それは、クビだという――」

「いや、別にそうじゃない。ちゃんと給料は支払われる。何かよほど人手の足りないときは声をかけるから、待機していてくれ、ということだな。――今日はもう帰っていい」

山尾は、さすがに青ざめた顔で、しばらく佐田の机の前から動けなかった。佐田の方はもう別の用で電話を取り上げている。

山尾が席へ戻ると、後輩で、山尾とよく組まされていた林《はやし》がやって来た。

「顔色が悪いですよ、山尾さん」

「そ、そうかい……」

「また課長がひどいこと言ったんでしょう。いやみな奴だからな」

林は生来気のいい男で、山尾に同情的な、ほとんど唯《ただ》一人の刑事だった。林なら山尾と組んでも文句は言わなかったはずだが、今までにずいぶん迷惑をかけたので、山尾の方から組むのをやめていたのだった。

「自宅待機だとさ」

山尾は机を片付けながら言った。

「ひどいなあ、そいつは。――でも、気にしちゃだめですよ」

「辞表を出せってことなんだな」

「平気な顔して休んでりゃいいんですよ。大きな事件《やま》を解決して、休みをもらったんだと思えば」

「ありがとう」

山尾は微笑んだ。「課長にも分ってないことがあるんだよ」

「何です？」

「私は辞表の書き方を知らないんだ」

山尾は引出しを閉めた。


「――そうなの」

山尾治子《はるこ》は、夫の話に、ゆっくりと肯《うなず》いた。

「ずいぶん早く帰って来たと思ったわ」

「お前も俺が出世できないのは覚悟しててくれたと思うが、ここまで来ると、もう辞表を出さないわけにいかないと思うんだ」

山尾は静かな諦《あきら》めの表情で言った。「このままじゃ、それこそ月給泥棒だからな」

「分るわ。――でも、やめて後、どうするの？」

「うん……まだ考えていない」

「家のローンも残っているし、由美《ゆみ》はまだ小学生だし……」

「何か職を見付けるよ」

「私がホステスか何かやって、あなたが家のことをやってくれる?」

「そんな必要はないよ」

山尾は少し強い口調になって、言った。

「でも――」

「俺に任せておけ」

山尾は肯いた。「ともかく、この一週間は休みだ。身の振り方をよく考えてみる」

いくら考えたって、どうにもならないじゃないの、と言いたいのを、治子はぐっと呑《の》み込んだ。

夫を責めても始まらないことだ。――それは治子にもよく分っていた。

山尾は職業の選択を誤ったのである。それとても、自分の意志というより父親の意志によるものだった。大体、それを拒めないような気の弱さでは、警視庁捜査一課の刑事など勤まらないことぐらい分っているべきであった。

しかし、治子としては、時々苛立《いらだ》つことはあっても、夫の選択を誤ったとは思っていなかった。

山尾は気の優しい、人柄の暖い男である。治子は夫を愛していた。それだけに、夫が、どうにもならない所まで追い詰められて苦しんでいるのが、たまらなかったのである……。

できることなら、夫に刑事を辞めさせて、もっと適当な職業につかせ、のんびりと働いてもらいたかった。しかし、四十代も半ばという年齢《とし》で、一体どんな働き口があるだろう?

それに、警察官という信用で、この家のローンだって借りられたようなものだ。

「ただいま」

玄関から娘の由美の声がした。

「お帰りなさい」

小学校五年生で、もう母親の背丈を追い越しそうな勢いの由美がヒョイと顔を覗《のぞ》かせて、

「パパ、早いね」

「一週間、お休みもらったんですって」

と、治子は言った。

「へえ。何か大手柄でもたてたの?」

「功労賞よ」

と治子は言った。

「殺人犯とでも撃ち合いして捕まえてよ」

「何を言ってるの。早く鞄《かばん》を置いていらっしゃい！」

「はーい」

と行きかけて、また顔を出し、「エリちゃんとこに行っていい？」

「あんまり遅くならないでね」

「うん」

由美の足音がドタドタと階段を駆け上る。

「静かに上りなさい」

と、治子が言ったときは、もう部屋の戸がピシャと閉まった。

「——全く、もう。あれで女の子かしら？」

「元気なのはいいじゃないか」

と山尾は言った。「俺はとってもあんな元気はなかった」

由美は、結婚八年目にやっと生れた一人っ子で、それだけに可愛がって育てて来たし、また、母親に似て、愛らしい顔立ちであった。

「由美をがっかりさせたくはないがね」

と山尾は言った。

「TVの刑事物の見すぎなのよ。あんなに撃ち合ったり殴り合ったりするもんじゃないってことが、そのうち分るわよ」

「俺だって、一度くらいは殺人犯の手首に手錠をガシャリとやりたいんだ。――もっともいざそのときになったら、手が震えてできないかもしれないがね」

山尾はそう言って苦笑した。

「そんな無理して殺されたらどうするの」

「お前までそんなことを言うのか」

山尾は愉快そうに、「刑事の妻はその覚悟をいつもしてるもんだ」

「あなたに死なれるより、クビになってもらった方がいいわ」

と治子は真顔で言った。

また階段をドタドタと駆け降りて来る足音がした。

「由美！　静かに――」

言い終らないうちに、玄関のドアがバタンと音を立てた。

「全くもう、あの子は……」

治子はため息をついた。

「俺はちょっと散歩して来る」

と、山尾は立ち上った。

「それがいいわ。行ってらっしゃい」

治子は、夫を送り出した後、しばらく居間に座り込んでいた。

やらなくてはならないことは色々あるが、今は手につかなかった。いくら今の夫を愛しているとはいえ、治子としても、夫が人並みの能力にも欠けているとみんなに思われるのは面白くなかった。

警察を辞めるなら、それでもいい。しかし、このまま辞めさせられてしまうのは、治子としてもしゃくにさわる。

山尾の言ったように、一度殺人犯の手首へ手錠をかけて、みんなが見直したところで辞める、という具合になればいい。——今の山尾はすっかり自信を失っている。あのまま他の職業についても、おそらくはうまく行かないのではないかという予感が、治子にはあった。

自分は仕事のできない人間なのだという思いを振り払わなければ、どこへ行っても、〈だめ人間〉で終るだろう。

といって……こちらの注文通りの筋書きに合わせて事件の起るはずもない。前もって殺人の起るのが分っていれば、そこへ行って待っていればいいのだが、そんなうまい話はあるまい。

あの人だって、いざ本当に殺人犯を追い詰めれば、立派に逮捕してみせるのだ。それなのに、今まで、そういう場に居合せたことがないのである。

本当に、ツイていない人なのだ……。

玄関の開く音がした。治子は、

「あら、あなた、もう戻って来たの？」

と声をかけた。

「パパじゃないわよ」

と入って来たのは、由美だった。

「どうしたの？　エリちゃんは、いなかったの？」

「いたんだけど……」

と由美は何やら難しい顔をしている。

「どうしたの？　喧嘩《けんか》でもして来たの？」

「そうじゃない」

「じゃ何なの？」

「よく分んないの」

「それじゃさっぱり分んないじゃないの」

「エリちゃんのママが泣いていたの」

「ママが？――どうして」

「知らないよ、そんなこと」

「一人で？」

「エリちゃんのパパもいたよ」

「あら、会社お休みなのかしら」

と治子は言って、「エリちゃんは？」

「知らない。エリちゃんのママがね、また後で来てね、って――」

「それで帰って来たの」

「そう。――お腹空《す》いた。何かないの？」

プリンを出してやると、由美は凄《すご》い勢いで食べ始めた。

また例によって女のことなんだわ、と、治子は思った。

ちょうど向いの家に住んでいる松井《まつい》という夫婦である。一人っ子でエリという娘がいて、由美と同じ年齢、同じ小学校なので、よく一緒に遊んでいた。

明朗でおっとり型の由美と対照的に、エリという子は、神経質で、大人の顔色をいつもうかがっているようなところがあり、治子は、初めあまり好きではなかったのだが、由美の友だちを、大人が選ぶのはよくないと思うので黙っていた。

しかし、おいおい松井家の様子が、方々の井戸端会議を通して入って来るにつれ、治子も、エリという娘を哀れだと思うようになった。

松井は大分山尾より若い。三十七、八というところだろう。中年というより、スマートな青年のイメージを保っていた。なかなかの二枚目でもあり、女にもてることを、自らも意識しているのが、はた目にもよく分った。

治子あたりから見ると、あんなきざったらしい男のどこがいいのかと思うのだが、実際にもてるらしく、松井と、妻の邦子《くにこ》の間には、女のことで、いざこざが絶えない様子だった。

そんな家庭に育っているのでは、エリがちょっと陰気な子になってしまうのも、当然のことかもしれない。

今日もきっといつもの伝で、松井の浮気をめぐって、彼と邦子が争っていたのだろう。全く、除け者《の　もの》にされる子供こそいい迷惑というものだ。

もし、自分が松井の妻の立場だったら、どうするだろう、と治子はふと考えていた。

しかし、たとえ仮定のことにせよ、夫が浮気するとは、治子にはとても考えられなかったし、松井のようなタイプの男とは結婚もしなかっただろう……。

そこを無理に想像してみると、たぶん自分なら、さっさと別れて、子供は引き取り、働きに出るだろう。――治子はそういう性格なのだ。

しかし、松井邦子は、あまり外へ出て働くというタイプではない。泣いて喧嘩しても、結局、うやむやに終ってしまって、また同じことをくり返す。

大体、向いの家の争いは、そのくり返しで終っているようだった。

ああいうタイプの奥さんは気を付けなくてはいけないと治子は思った。

抑えに抑え、我慢の限界まで堪えているだけに、いざそれが限度を超えたら、爆発することもあるのだ。

よく、殺人事件の犯人が捕まると、近所の人の談話で、

「物静かな、おとなしい人で、とてもそんな恐ろしいことをする人とは思えませんでしたが……」

といった言葉が出ているが、しかし、それはむしろ当り前の話であって、普段、自分を抑えて、おとなしくしているからこそ、そうして爆発するのだ。いつも適当に発散している人間は、怒っても、そこまで行かないのである。

松井邦子も、そのうち何かやるかもしれない。まさか、亭主を殺しはしないだろうが。——いや、やるだろうか？

「まさか」

と治子は呟《つぶや》いた。

「ん？　なあに？」

と、由美が訊《き》いた。

「別に。——何でもないわよ」

治子はあわてて言った。

ある考えが治子の頭に浮かんだ。それはおよそ現実味のない考えでしかないように治子には思えたが、万が一、と考えるぐらいは構うまい、という気がした。

松井邦子が、もし夫を殺したら……。

あり得ないことかもしれないが、とても考えられないことが起るのが現実というものである。

もしそうなったところで、誰も困る者はないように思えた。松井のような男は、おそらく一生ああいう性格で、変ることはあるまい。ということは、邦子が苦労をし続けるということである。

もちろん邦子としては、あんな男にでも愛情は感じているのかもしれないが、そうは言っても、もし夫が死んで、一時の悲しみを過ぎればホッとした気分になるに違いない。

娘のエリは、父親を失うわけだが、だからといって必ずしも不幸というわけでもないし、むしろいてくれない方がいい親というものもある。少なくとも第三者の立場で見る限り、松井が父親としては完全な失格者であるのは明らかだった。

邦子が殺人犯として逮捕される。——これは確かに問題である。しかし、事情が事情であり、近所の人、知人等の証言も、邦子を総《すべ》て弁護するものに違いないのだから、重い罪になるはずはない。世間の同情を集めることはあっても、白い目で見られる心配はまずあるまい。

その程度のことで、あの亭主から解放されるなら、プラス、マイナスをはかりにかけても、結局プラスの方へ針は傾くのではないかという気がした。

そして——そうだ。邦子が松井を殺せば夫の手で逮捕できる。見も知らぬ警官に捕まるより、まだ顔見知りの山尾に逮捕される方がいいのではないか。

もっとも、彼女にあっさり自首でもされたのでは、山尾の出番はない。ここは一応、犯人が不明で、警視庁捜査一課が乗り出すように持って行く必要がある。

それには、邦子が、エリを殺人犯の娘にしたくないと考えてくれればいいわけだ。

それならば、何もかも巧《うま》く行く……。

私は何を考えてるのかしら？

治子は頭を振った。——人を殺させるなんて、とんでもないことだ。

治子は立ち上った。

「ね、由美、ママお買物に行って来るから、留守番しててね」

「ウン、TVみてていい？」

「いいわよ」

「万歳！　珍しいな、ママにしちゃ」

治子は苦笑した。財布と買物袋を手に、家を出る。

こんな、自分で自分をコントロールできないようなときには、買物とか掃除とか、日常的な仕事に精を出す方がいいのだ。

スーパーマーケットへ行って、治子は、あれこれ買いだめをした。

昨日買物に来たばかりで、差し当って必要というものはなかったのだが、あっても腐らない物を、余分に買い込んだのである。これならむだにならずに済む。

牛乳はどれが新しい日付か、紅茶のパックはどのメーカーが一番安いか、あれこれと探し、比べては買っているうちに、やっと気分は平常に戻って来た。

本当に、どうかしていたのだ。――夫の話で、やはりショックを受けていたのだろう。先々への不安も、あったかもしれない。

「しっかりしなくちゃ……」

レジで代金を払いながら、治子はそう自分に言い聞かせた。

表に出ると、少し回り道しながら、駅前の商店街をブラブラと歩くことにした。

パチンコ屋の前を通りかかると、中を覗《のぞ》いてみる。

――平日の、まだ夕方にならないというのに、ずいぶん客が入っているものだ。時間を持て余しているらしい、主婦の姿も多い。そして、たまの休みにも行く所がなく、ぼんやりと台の前に座って、銀色の丸の踊りを眺めている、くたびれた亭主族……。

でも、あの人もたまにはこれぐらいのことをすればいいのだ。──真面目一徹というのか、遊びの類《たぐい》は一切やらず、酒も飲まない。それで仕事に有能というのならいいのだが……。

遊びは下手でも仕事はできるか、仕事ができなくても遊びに長じていれば、それなりに実社会を生きて行くのに困らないでいられるのだが、その両方だめというのでは、全く、どうにもならない。

治子は喫茶店に入った。──一人で喫茶店に入るなんて、久しぶりだわ、と思った。席について、コーヒーを頼み、ゆっくりと店の中を見回す。

夫がそこにいた。

治子には全く気付いていなかった。コーヒーカップを置いたまま、新聞を眺めている。声をかけようかと思ったが、何となく、つい言いそびれているうちに、コーヒーが来てしまった。

何をそんなに熱心に読んでいるのかしら、と治子は思った。──しかも、同じページに目を据えて、動かないのだ。

コーヒーを飲んでいた治子の手が止った。夫が、やっと新聞を折りたたんだ。──彼が見ていたのは、求人欄だったのだ。

夫が店を出て行くのを、治子はじっと見送った。夫の後姿は、急に十歳も老い込んだようにさえ見えた。

しばらくして、治子はやっと我に返った。ゆっくりとコーヒーカップを口もとへ運ぶ。——コーヒーは、もうすっかり冷めてしまっていた。

2

松井の家の玄関から邦子が出て来た。

治子は、TVを見ている夫へ、

「ちょっと買物に行って来るわ」

と声をかけた。

「ああ」

「留守、お願いね」

「ああ」

「何か、欲しいもの、ある？」

「ああ。——ん？」

山尾はやっとブラウン管から目を離して、治子の方を見た。「買物か？」

「ええ。何か欲しいもの、ある？」

「いや、別にない」

「じゃ、行って来るわ」

治子はサンダルをつっかけて表へ出た。

松井邦子が、五十メートルほど先を歩いて行く。治子は、少し足早に、しかしそう急いでいるとも見えない程度の足取りで歩いて行った。

美しく晴れた午後だった。

邦子の足取りは、どこか疲れたようで、自分がどこへ向って歩いているのかよく分らないという感じだった。

何しろ相手が、できるだけ向うへ着きたくないという様子で歩いているのだから、追いつくのは楽だった。

「松井さん」

と声をかけると、邦子は怯《おび》えたような目で振り返ったが、治子を見ると、ホッと表情を和ませた。

「山尾さん……」

「お買物？」

「ええ」

「じゃ、一緒に行きましょうよ」

と治子は微笑んだ。「二人で行くより二人の方が楽しいわ」

「ええ。でも――よろしいのかしら?」

「何が?」

「ご一緒しても……」

「私は構わないのよ。あなた、何かご用があるのなら――」

「いいえ、何も」

と、邦子は急いで首を振る。

「じゃ、いいわね」

二人は並んで歩き出した。「――いいお天気ね。今度の日曜あたりは由美をどこかへ連れて行かなくちゃ」

「ご主人、お休みなんですか?」

「え? ああ、さぼっているのよ。――全く、不器用なもんだから、休みがあっても、家でゴロゴロ。もったいないわよね」

「でも……いいですね、ちゃんとお帰りになるし」

「ご主人、いつも遅いものね。エリちゃんも可哀そうね、パパと遊べなくって」

「ええ……」

邦子は曖昧《あいまい》に肯《うなず》いた。

「でも、その代り、お休みのときはよく子供の相手をしてくれるでしょ、そういう人は？」

「いいえ。一人でどこかに出かけてしまいます」

「あら、そう。――そうね、仕事で疲れて帰って来て、休みの日までつぶされちゃね。男の人も考えてみりゃ可哀そうよ」

治子はそう言って、邦子の表情を盗み見た。笑おうとして、顔は軽くひきつっただけでしかない。

「主人も一週間の休みはもらったんだけど」

と治子は言った。「そんなことより、お給料を上げてもらった方がよほど助かるのにね。安月給で大変よ、やりくりするのは」

「そんなこと――」

「いえ本当よ。それに、もう年齢も行ってるせいもあって、主人は家のことは一切やってくれないの」

と、治子は愚痴った。「釘《くぎ》一本打つにも、ずっと前から頼んであるのに、それっきり。結局自分でやっちゃった方が早いのよね。それに大体不器っちょで、そういうことも下手なのね。棚一つ作っちゃくれないわ」

治子は色々と並べて夫をこき下ろした。

相手から愚痴を引き出すには、こっちも愚痴を言う方がいいのだ。こっちが夫を賞《ほ》めれば、向うも体面というものがあり、夫のいい点を話そうとする。

「でも、優しそうでいいご主人じゃありませんか」

と邦子は言った。

「そうね。優しいのは確かだけど、それだけじゃね」

「それが一番ですわ。優しい人が一番……」

邦子はそう言って目を伏せた。

これで話を引き出す下地はできた、と治子は思った。

スーパーで買物をした後、

「お茶でも飲みましょうよ」

という治子の提案で、二人はスーパーの裏にある、静かな喫茶店へ入った。

スーパーの中のパーラーなどでは、騒がしくて話もできないし、知っている顔に会うこともある。その点、この店なら、まず奥さん連中は来ないだろう。

「ここのコーヒー、おいしいのよ」

と、治子は言った。

邦子は、ちょっとためらってから、言った。

「由美ちゃんに、この間、悪いことしてしまって……」

「え？　何だったかしら？」

「あの……せっかく遊びに来てくれたのに、追い帰したみたいで……」

「ああ、そんなことといいのよ。大人の話があるときは子供は邪魔ですものね。それにもう、小学校五年っていえば、色々なことがよく分ってるし」

「由美ちゃん、何か言ってました？」

「さあ……。あ、そういえば、あなたが泣いてたとか。——喧嘩《けんか》でもしていたの？」

「そうなんです」

「いいじゃないの。うちなんて、喧嘩する気力もなし。喧嘩するなんて、仲のいい証拠じゃない」

「そんな……そんなじゃないんです」

突然声が震えたと思うと、邦子は急に目から涙を溢《あふ》れさせた。そして、吐き捨てるように、

「あの人を殺してやりたい！」

と言った。

治子はびっくりした。まさかこうもいきなり本音をぶつけて来るとは思ってもいなかったのだ。

店の人に聞かれるのではないかと、あわてて振り向く。店の女性は、電話でおしゃ

べりの最中だ。治子はホッとした。

「落ち着いて。――ね、気を鎮めて」

「すみません……」

邦子は、すすり上げて、やっと涙を抑えると、「びっくりなさったでしょう」

「そりゃあ、ね……。そんなに悪くなってるの？」

「ええ。――もう、主人は私や娘のことなんか気にもしていないんです。好き勝手なことをして……」

「それはつまり……女の人っていうこと？」

「ええ。女がいるんです。それも、私の知ってるだけでも四人目です。その度に給料は女へ渡してしまう、手切れ金と言って、せっかくためた貯金を引き出して、女にくれてやる……。私がいくらやめてくれと言っても、自分の稼いだ金をどう使おうと勝手だと言って、耳を貸しません。しまいに私を殴ったり怒鳴りつけたり……」

「ひどいわねえ、それは」

と治子は言った。「誰か意見してくれる人はいないの？」

「私は両親とも九州で、こっちに知り合いはありませんが、主人の方は、親も兄弟も、みんなで主人の味方をします」

「かなわないわねえ」

「本当にもう……死んでしまいたくなるときもありますわ」

「そんなこと言っちゃだめよ。しっかりしなきゃ。負けちゃしゃくじゃないの」

「そうは思うんですけど……疲れてしまって……」

「別れるわけにはいかないの？」

「何度も考えました。でも、エリを置いて行くのはどうしても……」

「エリちゃんは自分がみる、というようにして――」

「とてもそんなこと……。主人や主人の両親が力ずくで奪って行くに決っていますわ」

何とも凄《すさ》まじい家族である。――しかし、こういう夫婦も、決して少なくないのかもしれない、と治子は思った。

「よく我慢しているわね」

心から治子は感心して言った。

「エリのためです。――あの子に悲しい思いをさせたくないと、それだけで、じっと堪えているんです」

治子は、何度も肯いた。

全く同情すべき立場と言う外はない。この邦子を利用するというのは多少気が咎《とが》めたが結局は本人のためにいいことなのだ、と自分に言い聞かせた。

しかし、ここまで堪えている邦子を、殺人にまで踏み切らせるのは容易ではない。憎しみも、あまり長く抑えつけられていると、そのエネルギーを失ってしまって、却《かえ》って、無気力な諦《あきら》めだけが残るということになりかねないのだ。もし邦子を殺人に踏み切らせるものがあるとすれば、それは娘のエリだけであろう……。

「――すみません」

邦子は少し落ち着いた様子で、「すっかり、私の愚痴ばかり聞いていただいて……」

「いいえ。話せば少しはすっきりするでしょう?」

「ええ、大分気が楽になりました」

「よかったわ、役に立って」

と、治子は微笑んだ。

「思い切って出て来てよかったでしょう」

と治子は言った。

「ええ、本当に」

邦子の顔には、珍しく明るい笑みが浮かんでいた。

日曜日の遊園地である。

治子は邦子を誘って、それぞれ由美とエリを連れてやって来た。——どこも大変な混雑だが、子供たちにはそれもまた楽しいようだった。

「ねえ、もう一回、今のに乗りたい！」

とエリと由美が一緒になって、叫びながら走って来る。

「いいわよ。はい、これで乗ってらっしゃいね」

治子は由美へ千円札を渡した。「乗り物券を買うのよ」

「はーい」

二人が競って駆け出して行く。

「あの子があんなに楽しそうにしているのは、初めて見ました」

と、邦子は目を細くした。

「いいわね。子供らしさがあるわ。——ああでなくてはね」

と治子は言った。

散々遊んで、昼はハンバーガーをペロリと平らげた。

「さ、少し休みましょう」

と治子は言った。「池の方で休憩ね。それからまた遊びましょ」

二人がまた手をつないで、池の方へと走って行く。

「気を付けて！　池に落ちるわよ」

と治子は叫んだ。

「あの――すみません。ちょっと主人へ電話して来たいんですけど……」

と邦子が言った。

「ええ、どうぞ。私がみてるから大丈夫よ」

「お願いします。昼頃までに帰ると言って来てしまったので」

「行って来なさいよ」

「よろしく。すぐ戻りますから……」

と言って、邦子が電話を探して歩いて行く。その姿はたちまち人ごみに紛れて見えなくなった。

治子は池の方へゆっくり歩いて行った。木立ちに囲まれた池と、遊歩道。少し低い場所にあって、目につかないせいか、ここばかりは、あまり人の姿がない。

由美とエリは、どこから見付けて来たのか長い枝で池の中を突っついている。二人が、段々と離れて、互いに勝手に夢中になっている。

治子は振り向いた。もちろん邦子が帰って来る様子はない。

治子は木立ちの間を抜けて、足音を殺しながら、進んで行った。

エリが、身を乗り出すようにして、枝で、水をかき回している。由美はずっと遠く、ほとんど池の反対側へ行ってしまっていた。

治子は素早く周囲を見回した。——そして前へ進み出ると同時に、エリの背中を突き飛ばした。


「おい」

と山尾が顔を上げた。「お向いさん、だいぶひどいじゃないか」

「ねえ」

治子が肯《うなず》いた。「よく説明して来たんだけど……」

松井の家から、松井の怒鳴る声、エリの泣く声が聞えて来るのだ。

「悪いことしちゃったわ。誘って、却ってあんなことになるなんてね」

「何をあんなに怒鳴ってるんだ？」

「要するに、そばについていなかったのが悪いということなのよ」

「ふーん。それにしても、あんなに怒らなくても良さそうなもんだ」

「ひどいわね。水に落ちただけで、別にけがしたってわけでもないのに……」

「全くだな」

と、山尾は、顔をしかめた。

山尾はもちろん妻や娘に手を上げたことなど、一度もない。

「あの奥さん、よく我慢してるわ」

「そうだなあ」

「そのうち、何か起きなきゃいいけど……」

と治子が言うと、山尾は、

「何か、って?」

と訊《き》いた。

「ううん、別に……」

治子はあわてて首を振った。

その夜、山尾は珍しく治子を抱いた。——大体が至って淡白な男で、由美のできたのが不思議なくらいだったのだが、特にこのところは、何か月か妻の体に触れたことがなかった。

「——どうかしたの?」

と、治子はまだ少し息を弾ませながら、訊いた。

「何が?」

「いつもと違うから」

「そ、そうかい?」

山尾は少しびっくりした様子で、「別にいつも通りだぞ」

と言った。

「ごまかさないで」

「ごまかしちゃいない」

「分るわよ――どうしたの？」

山尾は大きく息をついた。

「色々考えたんだが……」

「辞表のこと？」

「ああ」

「出すのね」

「そのつもりだ」

「いつ？」

「一週間の休暇が終ったら、だな」

そう言ってから、山尾は急いで付け加えた。「生活のことは心配するな。ちゃんと考えてる」

「するな、と言ったって無理よ」

と治子は笑った。

「すまんな。――しかし、これしか仕方ないんだ」

「分ってるわ」

治子は身体を起こして、夫の唇へキスした。

「怒ってないのか？」

「どうして怒るの？」

「俺がふがいないばっかりに――」

「そんなことないわ」

と治子は遮った。「あなたは、ちゃんとやれる人よ。自信さえ持てば」

「自信か」

と、山尾は苦々しく笑った。

「そう、自信よ」

「俺には自信を持つようなことは一つもないよ」

「そんなことないわ。今にきっとみんなを見返せるようになるわよ」

「今さら、そんなことをしたいとも思わないよ」

と山尾は言った。

いいえ、必ずできるわ。――治子は夫の胸に顔を埋めながら、心の中で、そう呟《つぶや》いていた。

3

松井邦子の、夫への殺意を煽《あお》り立てるにも、その時間がなくなって来た。

この一週間の休みが過ぎたら、辞表を出すという夫の決意は固いようだ。——ということは、あと三日しか時間がないということなのだ。何か、よほど思い切った手を打つ必要がある。

治子は、午後に、邦子を訪ねて行こうと思った。——山尾は、決心がついて気が楽になったのか、朝から、映画を見に出かけていた。

この数日間で初めて、治子は夫の屈託ない笑顔を見たような気がした。後のことはともかく、一つの踏ん切りをつけたことに、やはり中途半端を脱した快さがあったのだろう。

治子は昼過ぎに、向いの家へ足を運んだ。

「あ、山尾さん」

出て来た邦子は、思いのほか楽しげな表情をしていた。「どうぞお上り下さい」

「ごめんなさいね。——昨夜は大変だったでしょう」

「お騒がせして申し訳ありません」

「そんなこといいけど、大丈夫だったの？」

「ちょっと殴られましたけど、もう慣れているので」

邦子は、どこか超然とした雰囲気を漂わせていた。治子は面食らった。

泣きながら苦労を訴えつづけていた邦子とは別人のようだ。

お茶を淹《い》れて来ると、自分もゆっくりとすすって、

「またそのうち、一緒に遊びに行きましょう」

と言い出した。

「でもご主人は——」

「主人はいいんです」

と邦子は言った。

「いい、って……」

「もう主人のことは気にしないことにしたんです」

「そう言ったって……」

「ええ、それは色々と気になりますけれど、私がくよくよとして泣いていては、夫が、いじめがいがあると喜ぶだけですもの。もう気にしないことにしたんです」

治子は、思いがけない成り行きに、呆気《あっけ》に取られていた。邦子がこうも悟り切ってしまうとは、思ってもいなかったのだ。

これでは計画が台無しではないか。

そのとき、電話が鳴った。

「失礼します」

と立って行った邦子は受話器を取った。

「はい、松井でございます。——はい、どうもいつもお世話になりまして。——え？

——主人がですか？」

と意外そうな声。治子はふと顔を向けた。

「いえ、そんなことは……。いつも通りの時間に出ましたけれど。——はい。——分りました。どうもご迷惑をおかけしまして」

「ご主人がどうしたの？」

と、治子は訊《き》いた。

「出社していないんですって」

と、邦子は言った。

「変ね。お出かけにはなったんでしょ？」

「ええ、そうです。いつも通りに」

「じゃあ……交通事故とか……」

「そんなことはないと思いますけど」

と、邦子はあっさりしたものである。

「でも、万一ということがあるでしょ。一応警察へ問い合せてみたら?」

「大丈夫、きっと女の家にでも行ってるんですわ」

「でも、会社をさぼってまで?」

「あの人なら不思議はありませんもの」

邦子には、警察へ届けるつもりは、さらさらないようだった。

「——昨日は——だいぶひどかったようじゃない?」

治子は探るように訊いてみた。

「ええ、でも、もう大丈夫です」

治子は、邦子の晴れやかな顔をじっと見つめて、

「どういう意味?」

と訊いた。

「あの人、もうそんなに暴力は振るわないと思いますわ」

邦子は自信ありげに言った。

治子は、邦子が松井がどこにいるか知っているのだ、と直感的に思った。いくら、愛していない夫であっても、会社へ出ていないというのは、まともな事態ではない。それを全く気にしないというのは、もともとそれを承知していたのだとしか思えない

……。

「それなら、よかったわね」

我ながら妙な切り上げ方だとは思ったが、急に落ち着かない気分になって、治子は席を立った。

「あら、お帰りですか？」

「ええ、ちょっと用を思い出したものだから、失礼するわ」

下手な言い訳に冷汗をかきながら、治子は家へ戻った。

一体、何があったのだろう？

たった一夜の間に、邦子はどうしてああも変ってしまったのか……。

あれこれと考えているうちに、由美が帰って来た。

「ただいま。エリちゃんとこに行っていいかしら？」

「いいけど——あちらはいいの？」

「うん。いつでも遊びにおいでって」

「いつでも……」

「エリちゃんのママが今、そう言ってたんだよ」

由美が階段を駆け上って行く。——治子は叱りつけるのすら忘れていた。

「ね、由美——」

降りて来て玄関から飛び出そうとしている由美へ、「エリちゃん、パパのことを何か言ってた？」

「うちのパパ？」

「違うわよ」

と治子は笑って、「エリちゃんのパパのことよ」

「別に」

と由美は言った。「――あ、今朝、ずいぶん早く出かけたって言ってたっけ」

「ずいぶん早く？」

「ウン、いつもはエリちゃんより出るのが遅いんだって。でも、今朝は起きたらもういなかったって言ってたわ」

「――そう。分ったわ」

と治子は肯《うなず》いた。

「じゃ、行って来るね」

由美は飛び出して行く。――治子は、遅くならないで、と言うのも忘れていた。

「向いのご主人が？」

山尾は、読みかけの週刊誌から目を上げて訊いた。

「ええ、家は出たのに出社してないんですって」

「交通事故か何かじゃないのか？」

「そう私も言ったんだけど……」

「どうだって？」

「そんなことない、って笑ってるだけなのよ。あの奥さん、何だか変だわ」

「考えすぎだよ」

と、山尾は笑った。

「そうかしら……。でも、何だか様子がおかしいのよ」

「何があったっていうんだい？」

「ご主人が急にいなくなるなんて。——おかしいと思わない？」

「ああいうご主人だ。そう不思議じゃあるまい」

そうなのだ。一日ぐらい家を空けても、別に珍しいことではないだろう。それは分っているのだが、なぜか治子には気にかかる。

——由美が、七時近くになっても帰って来ないので、治子は迎えに行った。

「まあすみません」

と、邦子が出て来て、「由美ちゃん、今一緒にご飯を食べていますの」

「まあ、ご迷惑じゃないの？」

「いいえ、エリも、二人の方が喜ぶし。構いませんでしょう?」

「ええ、それは……。ご主人はお戻りになったの?」

「いいえ」

と邦子は首を振った。「あの人はいつも遅いからいいんです」

「出社なさってないとか言ってたでしょ。連絡ついたの?」

「え?」

邦子はちょっと戸惑った様子で、「ああ、あのことですか、ええ、主人から休むと会社へ電話が行ったそうですわ」

「まあ、それじゃ――」

「やっぱり女の家へでも行ってるんでしょうね。きっと」

「そう。それなら……」

由美が出て来た。

「ママ、ご飯食べて行くよ!」

「お行儀よくいただくのよ」

「はーい」

由美が奥へ戻って行く。

「じゃ、食べ終ったら帰して下さいね」

「はい、確かに」

治子が表へ出ようとしたとき、電話の鳴るのが聞えた。

「じゃ、失礼します」

邦子が奥へ入って行く。

治子は、表へ出ようとして、その場から動けなかった。人の電話を立ち聞きするというのは、何とも趣味の悪いことだが、どうしても、外へ出てドアを閉める気になれなかった……。

「はい、松井でございます」

と、邦子の声が聞えて来る。「——あら、どうも。何かご用？」

邦子の声が急に冷ややかになった。

「——主人が？　そんなこと知らないわ。——あなたの方が、よほどよくご存知のはずじゃなくって」

どうやら、松井の愛人からの電話らしい。

「主人がそっちへ行かないからって、私のせいじゃないわ。——あなたに愛想つかしたんじゃなくって？　それじゃ」

邦子が電話を切る。

治子は急いで玄関のドアをそっと開けて、外へ出た。

——由美は、結局八時頃になって戻って来た。

「エリちゃんのパパ、帰って来た？」

と治子は訊《き》いた。

「ううん、まだだったよ」

「そう。——いつも遅いのね」

「帰って来ないんじゃない？」

治子は驚いて、

「どうして？」

と訊いた。

「だって、エリちゃんのママが、早くお風呂《ふろ》に入って寝ましょう、って言ってたもの」

由美が二階へ行くと、治子は台所で、ぼんやりと考え込んだ。

あの邦子の変りようは、ただごとではない。——何かあったのだ。

松井がいない。本当に会社へ連絡が入ったのだろうか？　電話は、本人がかけたとは限るまい。

治子は、はっきりと疑惑を見極めることにした。——つまり、邦子はもう夫を殺してしまったのではないか、ということだ。

それ自体は、治子の計画でもあったのだから、別に困ることでもなかったのだが、しかしこうも突然に起るとは予期していなかったのだ。

それに、邦子の反応が、全く予想と違っていたことが、治子を戸惑わせた。もちろん、邦子が本当に夫を殺したと仮定しての話であるが。

治子は、邦子がもっと打ちひしがれ、呆然自失《ぼうぜんじしつ》してしまうだろうと思っていた。しかし今の邦子は——開き直りというのか、見違えるように度胸が据わって、全く別人のようである。

まさか邦子があんな風に落ち着き払っていようとは、治子は予想もしなかった。

本当に、邦子は夫を殺したのだろうか？　それとも、治子の思い過しなのか……。

いずれにしても、邦子にとって、何か重大なことが起こったのは事実だ。あんな風に、一日にして人間は変るものではない。

それは一体何だったのか？

「——おい」

急に声をかけられて、治子はびっくりした。

「あら、あなたなの」

「どうしたんだ」

「いえ、別に。——何なの？」

「電話だって呼んだのに、さっぱり返事をしないから……」

「呼んだの？　ごめんなさい」

「ＰＴＡのことだってさ」

「はい」

急いで電話へと走る。――一緒に役員をやっている西田《にしだ》哲子《てつこ》という主婦である。

「――はい、じゃ十一時ね。分りました」

と、治子はメモを取った。「わざわざどうも」

「ああ、それからねえ――」

と、西田哲子が少し声を低くした。

「何かしら？」

これまでは公の話、ここからは私用、という声音である。

「松井エリちゃんのお宅って、そちらの近くだったかしら」

「向いの家よ。どうして？」

「ご主人、どうかしたの？」

治子はちょっと緊張した。

「何かあったの？」

「私は、よく分らないんだけど――」

　と、西田哲子はためらって、「うちの子がね、何かエリちゃんが、言ってた、って
いうもんだから……」

「何か言ってたって？」

「お父さんが出て行っちゃったとか、って……」

「出て行った？」

「そう。まあ子供の言うことだからねえ、よく分らないけど」

「知らなかったわ。全然聞いてないの」

「そう」

　西田哲子は残念そうだった。どちらかといえば、この方が電話した理由なのだろう。

「何か分ったら教えるわ」

　と治子は言った。

「お願いね。それじゃ――」

　治子は電話を切った。

　松井が出て行った。そんなことがあるだろうか？

「どうかしたのか？」

　居間へ入って行くと、山尾が訊いた。

「いいえ。――ちょっと疲れてるのよ」

と治子は言った。

まだ夫に言うのは早い、いくら何でも、こんなに曖昧《あいまい》な話では……。

もう少し、はっきりした返事をつかまえなくては、どうにもなるまい。

「お風呂に入る？」

「ああ、そうしよう」

治子が立ち上ったとき、表で、騒ぎが起った。「何かしら？」

女のかん高い叫び声、ヒステリックに喚《わめ》く声……。

「表だな」

と山尾は立ち上った。「覗《のぞ》いてみよう」

「私も」

山尾と治子が玄関を開いて、外へ出る。

松井の家の前で、女同士が激しく言い争っているのだった。

一人は邦子で、もう一人は、見たことのない女だった。邦子より少し若いが、派手な感じの女である。

しかし、もっぱら騒ぎ立てているのは、若い女の方で、邦子は冷静に相対しているようだった。

「あの人に会わせてよ！　このままじゃ済まさないからね！」

と女がかみつきそうに言った。

「どうでも、お好きなように」

と邦子は冷ややかだ。「どう言われたって、いない人には会わせられません」

「どこに行ったのよ！」

「私は知りませんわ。黙って出て行ったんです」

「フン、いい加減なこと言ってると後悔するわよ」

「あんまり下品な口をきかないで下さい」

「何よ、下品だって？」

「上品だと自分でも思わないでしょ」

「言ったわね、この……」

と、女の方は摑《つか》みかからんばかりの勢いだ。治子は、

「ねえ、止めないと」

と夫をつついた。一応、警察官である。

「うん……」

山尾はためらっている。「どうもなあ……。これは捜査一課の仕事じゃないし」

「そんなこと関係ないでしょ」

と治子が言った。「けがでもしたらどうするの」

そのとき、タクシーが一台、走って来て、邦子たちの前で停った。

「あら、お義母《かあ》さま」

と邦子が目を見張った。

タクシーから降り立ったのは、六十歳前後の、やせた、和服姿の婦人だった。

「邦子さん、伝言を聞きましたよ」

どうやら、松井の母親らしい。

「わざわざおいで下さらなくても――」

「そうはいきませんよ」

と、その老婦人は、きつい口調で言った。これが姑《しゅうとめ》では、結婚も考えてしまうというタイプである。

「あの子がどこへ行ったか分らないんですか？」

「お義母さまの方がご存知かと思いましたけれど」

「それはどういう意味？」

「いいえ、別に。――主人はいつもお義母さまにはよく電話しておりますから」

「当然ですよ。親子ですからね。でも今回は一言の相談もなしよ。おかしいわ。そんなことは考えられません」

そう言ってから、老婦人は、そばで口を尖《とが》らしている若い方の女に気付いた。

「──この人は？」

「主人のお友達です」

「ふん、あの子の好みじゃないわね」

これに、ますます女の方がカッカと来たらしい。

「何言ってんのよ！　私はね、あの人ともう二年の仲なんだよ！　この女房が味も素気もない奴だから、ってんで私の所へ来てたんじゃないか！」

「邦子さん」

と老婦人は言った。「犬は吠《ほ》えさせておいて、中でお話ししましょう」

女が顔を真赤にして、怒りのあまり言葉が出てこないうちに、邦子と義母の二人は、さっさと家の中へ入ってしまった。

「憶《おぼ》えてらっしゃい！　この……」

と、女は手を振り回しながら怒鳴った。

治子は道へ出ると、

「あの、ちょっと──」

と声をかけた。

「何よ！」

と、かみつきそうな勢いに、治子は足を止めた。

「向いの者なんですけど……」

「フン、さぞ楽しんだでしょ。見物料をもらうわよ」

「こちらのご主人、出て行かれたんですの？」

「女房がそう言ってるだけ。嘘に決まってるわよ」

「それじゃ、どうしたと――」

「あの女が殺して床下にでも埋めたのよ、きっと」

治子はギョッとした。

「まさか！」

女は少し落ち着いた様子で、

「変なのよ。――だって、そんな様子、まるでなかったのに、そうでしょ？　自分の家よ、養子ってわけでもなし、出て行く理由がないじゃないの」

「そんな話はまるでしていなかったんですね？」

「もちろんよ。今日だって帰りに私の所に寄ると言ってたのに……」

「何かあったんですの？」

「今まで、来られないときは必ず電話して来たのよね。だから待っていたら、全然でしょ。で、こっちからかけてやったのよ」

「奥さんに？」

この女の方もかなりの神経だ。「そうしたら、あの女房が、えらく生意気な口をきくから、頭に来ちゃったのよ」

女はその辺の小石を思い切りけとばして歩いて行った。

「どうなってるんだ？」

山尾が道へ出て来て首をひねった。

「ともかく……松井さんのご主人が、行方不明っていうわけね」

「心配だな、そいつは」

山尾は大して興味もないようだ。「中へ入ろう」

玄関のドアを閉めながら、治子は言った。

「ねえ、もし本当に松井さんが殺されてたら――」

「おい、妙なこと言い出すなよ」

山尾がびっくりした様子で、「そんなことが噂にでもなってみろ、大変だぞ」

「だって、あり得ないことじゃないでしょう」

と、治子は言った。

「そうそう人殺しなんてあるもんじゃないさ」

と、山尾は笑って言った。

そうかしら。――本当に、松井は殺されたのではないか。治子は、ほとんどそれを確信していた。

4

二日たった。

山尾は、休暇も今日で最後というので、

「職探しを兼ねて友人の所へ行ってくるよ」

と、朝から出かけて行った。

松井はまだ戻っていないようだ。

近所ではすっかり噂が広まっていたが、それは、松井が蒸発したという内容で、殺されたというのではなかった。

実際、松井という男のことを多少とも知っていなければ、治子も、蒸発と考えたかもしれない。――邦子は相変らずいつもの通り平静で、変りなく振る舞っていた。

治子は、朝のうちに洗濯したものを、かかえて二階のベランダへ上った。

今日はいい天気になりそうだった。

洗濯物を並べて干していると、つい、目が向いの松井の家へ向いてしまう。このベランダからは、ちょうど、松井の家の庭が少し見えるのだ。

邦子が、庭へ出ていた。シャベルを手にして、穴を掘っているのか埋めているのか……。どうやら土を平らにならしているようだ。

本当に不思議な女である。――それにしても、松井は一体どうしてしまったのか。

掃除も終って一段落すると、治子はどうにも落ち着かなくなった。行けば歓迎されるという確信はなかったが、それでも、行きたいという気持を抑えることはできなかった。

「――お邪魔かしら?」

「あら、山尾さん、どうぞ」

「いい?　お忙しければ」

「いいえ。――三十分ほどしたら出かけますけど、それまでは暇ですの」

治子は、居間に落ち着くと、

「ご主人から何か連絡はあって?」

と訊《き》いた。

「いいえ、一向に」

邦子は紅茶を出して、「出て行ったんですもの。連絡して来ないでしょう」

「心配ね」

邦子はちょっと笑って、

「ちっとも。だって、ご存知の通りの夫ですもの。いない方がこっちはずっと楽ですわ」

「そう？　でも、ご主人のお母さんなんか、うるさくない？」

「いくら言われたって、知らないものは返事のしようがありませんものね」

邦子は、タバコを取り出すと、火を点《つ》けた。治子は驚いて、

「まあ、タバコを喫うの？」

と言った。

「ええ。少し羽をのばすことにしたんです。今まで自分を殺しすぎていましたもの」

邦子は煙を気持よさげに吹き出した。

「ご主人……本当に蒸発したのかしら？」

と治子は言った。

「それじゃ何だと？」

「いえ、つまり、事故とか……」

「どこかで殺されている、とか？」

邦子は微笑した。「そう思ってらっしゃるんでしょ？」

「私は別に――」

「隠さないで、顔に書いてありますよ。私が夫を殺した。そう思ってらっしゃるんでしょう？」

治子は何とも言わなかった。邦子はゆっくりとソファにもたれた。

「本当に私が殺したとしたら？」

治子は笑おうとしたが、顔がひきつったように歪《ゆが》んだだけだった。——邦子が、突然弾けるように笑い出した。

「じゃ、私、出かけて来ますわ」

とタバコを押し潰《つぶ》して、「よろしかったら、ここにいらして下さいません？　エリが帰るまでに戻れるかどうか分りませんの」

「え、ええ……。それはいいけど……」

「じゃ、よろしく。どうぞご自由になさっていて下さいね」

一旦《いったん》姿を消すと、邦子は、すぐにびっくりするような派手な服装で現れた。そして、足早に玄関へ出て、一言も言わずに出かけて行ってしまった。

治子は、体中で息をついた。——あれが同じ邦子だろうか？

まるで別人を見るようだった。あれが実像なのだろうか？　あの、憐《あわれ》みを誘うような、じっと堪え忍ぶ女は、演技にすぎなかったのか。

治子は立ち上って、庭を眺めた。——シャベルが、塀に立てかけてある。庭の一角が、何かを埋めたように、少し盛り上っていた。

あそこに死体が？——まさか！

いくら何でも、そんな大胆なことはしないだろう。庭に死体を埋めるなんて、そんなことをすれば、すぐに見付かってしまう。

しかし……果してそうだろうか？　亭主が蒸発したからといって、その家の庭を掘り返したりするものかどうか。

治子は、玄関の方へ耳を澄ましてから、そっと庭を覗《のぞ》いてみた。

しかし、もしあそこに死体が埋っているとしたら、治子を一人で残して出かけたりするだろうか？

おまけに、おあつらえ向きにシャベルまで置いて、まるで掘ってくれと言わんばかりではないか。——いくら邦子が大胆だといっても、そこまでやるだろうか？

自分でもよく分らないうちに、治子はサンダルを引っかけ、庭へ出ていた。シャベルを取り、柔らかい土の盛り上りへ突き立てる。思いのほか、深くまで入った。力を込めて土を持ち上げる。もう一掘り、もう一度、もう一度……。治子の額に、汗が浮かんだ。

洗面所で、治子は手を洗った。湯を出して、石ケンでていねいに洗っても、爪の間に入った土は落ちない。

「いやだわ、全く」

と呟《つぶや》く。——馬鹿をみたというのはこのことだ。掘って出て来たのは、ただの生ゴミだった。

どうしてあんな物を埋めたりするんだろう？　人を馬鹿にしてる！

「ただいま」

と玄関に声がした。

「あら、エリちゃん」

「ママは？」

「ちょっとお出かけ。——由美は一緒だった？」

「ウン」

「じゃ、一緒に遊んでてちょうだい。表にいていいから」

「はーい」

エリが出て行こうとする。

「エリちゃん」

と治子は呼び止めた。「パパから、何か言って来た？」

「ううん。何も」

「寂しくない？」

「別に、パパいなくても平気」

「そう」

治子はつい笑った。「ママのこと、好き？」

「好きだよ」

「よかったわね、ママが楽しそうで」

「うん。遊びに行って来るね」

「はい、行ってらっしゃい」

エリは出て行こうとして振り向くと、

「おじちゃんも好きだよ」

と言った。

おじちゃん？——治子は、エリが行ってしまった後、考えた。「おじちゃん」というのは誰のことだろう？

男か。——つまり、邦子には、もともと男がいたのかもしれない。それも不思議ではない。夫がああして女にうつつを抜かしているのだ。彼女の方も、他の男へ心が移っていたのだろう。

すると、松井を殺したのも——殺されているとしたら——その男なのかもしれない。

二人で共謀して松井を殺して……。

どうも、邦子が、同情すべき悲劇のヒロインから、徐々に悪女へと変貌《へんぼう》して行くようだ。しかし、それならそれで、夫に彼女を逮捕させるのに、気が咎《とが》めもせずに済むというものである。

少しぐらい留守にしても構うまい、と思った。治子は自分の家へと戻った。エリと由美の姿は見えない。どこか公園にでも行って遊んでいるのだろう。

玄関の鍵《かぎ》が開いているのにびっくりした。夫の靴がある。

「あなた」

と呼びながら上ると、寝室の方から、山尾が出て来た。

「どこへ行ってたんだ？」

「お向いよ。あなた、ずいぶん早いじゃないの」

「ちょっと忘れ物さ」

「呆《あき》れた。これからなの？」

「そう、人に会うんだ。じゃ出て来る」

「はい」

「おい、その手は？」

と山尾は治子の手に目を止めた。

い。

「爪の間に土が入ってるぞ」

「ああ……。これ、ちょっとあちらのお宅で土をいじってたもんだから」

まさか死体を捜していたとも言えない。見付けたのが、生ゴミだけでは話にならない。

「え?」

「ふーん。じゃ、ともかく行って来る」

「ええ。帰りは遅い?」

「分らんな。電話するよ」

山尾が出かけて行くと、治子は、穴掘りの労働で少々疲れたのか、欠伸《あくび》が出た。

もう邦子も帰って来るだろうし……。

治子はソファで少し身を縮めて、横になった。少し目をつぶっていれば、体が楽になる。ほんの少し……。

いつしか眠り込んでいたようだ。治子は玄関のチャイムがせわしげに鳴るのに目を覚まされた。

きっと由美たちだわ。治子は起き上がると、

「はーい」

と間のびした声を出して、出て行った。

「――あら」

玄関を開けると、林刑事の顔があった。

「林さん。どうもお久しぶり――」

言葉が途切れたのは、他にも何人かの刑事が並んでいて、どの顔も、ただごとならぬ緊張にこわばっていたからだった。

「何か？」

「奥さん、誠に恐れ入りますが、お宅の中を調べさせて下さい」

「うちの？」

啞然《あぜん》としているうちに、刑事や警官たちがドカドカ上り込んで行く。

「何事ですか？　一体、どういう――」

「ありました！」

と声がする、寝室の方だ。

治子は急いで入って行った。林が、ハンカチの上にのった物を見せた。

「奥さん、これに見憶《みおぼ》えは？」

ナイフだ。刃に黒いものがこびりついているのは、血らしかった。

「知りません！　そんな物、見たこともないわ」

「向いの家へ行きましょう」

林は治子の腕をつかんだ。

「どういうことなの？　林さん、説明して！」

林が治子の手を見て足を止めた。

「爪の間に土が入っていますよ」

「これは……ちょっと土いじりをして」

「おい、土を出して封筒へ入れておけ」

と、林が若い刑事へ命じた。「済んだら向いの家へ連れて来てくれ」

治子は、これが現実とは信じられなかった。夢だ。きっと夢なのだ。

若い刑事が、治子の爪の間の土を、針の先で、封筒の中へかき落とした。

それが済むと、治子は、松井の家へと連れて行かれた。

「これはどういうこと？」

やっと腹が立って来て、治子は、林をつかまえて訊《き》いた。「まるで私を犯人扱いじゃないの！」

林は答えずに庭の方を見ていた。——治子が目を向けると、警官が、さっき治子の掘ったところを掘り返している。

「何をしてるの？」

と治子は訊いた。

「松井という男をご存知ですね」

「ええ。ここのご主人でしょう」

「殺されているらしいという情報が入りましてね」

「殺されて……」

治子は唖然とした。「それで、私が殺したとでも？」

「奥さんと松井が関係していたという証言があったのです」

「何ですって？」

「その仲がもつれて……」

「馬鹿らしい！」

「それにここを奥さんが掘っているという目撃者もいましてね」

「それは――」

と言いかけて、治子は口をつぐんだ。「掘るといいわ。さぞいいものが出て来るでしょうよ」

男三人がかりなので、たちまち穴が大きくなる。――その手が止った。

「何かあります！」

「よし」

刑事たちが駆け寄る。治子はフンと鼻で笑って、

「生ゴミが重大な手懸りなのかしら」

と呟《つぶや》いた。

全く、何という馬鹿げた話だろう。一体誰が、そんな情報を売り込んだのか？

しかし、あのナイフは？　血のついていたナイフ。それがなぜ寝室にあったのか。

誰かが罪を着せようとしているのかもしれない。

「奥さん」

と林が呼んだ。「来て下さい」

「はい」

治子はサンダルを引っかけ、歩いて行った。そして見えない壁に突き当ったかのように、足を止めた。

土の中から、男の手が覗《のぞ》いている。

治子はよろけ、倒れそうになった。

「そんな……そんな馬鹿な！　確かに……確かに何もなかったのよ！」

林の腕が、がっちりと治子の体をつかんでいる。

「治子……」

山尾が言った。「お前、本当に――」

「違うわ。あんな男と私が……」

治子は頭を思い切り振った。

自分の家の居間だったが、まるで、納骨堂さながらの、重苦しい雰囲気に、押し潰《つぶ》されそうだった。

「奥さんは――」

と林刑事が辛《つら》そうに言った。「松井を殺した上で、松井の奥さんに罪を着せようとして、留守の間にあそこへ死体を埋めておいたのです。凶器のナイフをどこかへ置いて来るつもりだったのでしょうが、穴掘りに疲れて、休んでいるうちに寝込んでしまった。そこへ我々が踏み込んだわけです」

「違うわ！　私じゃない！」

治子は叫ぶように言った。

「ともかく、ご同行願うことになります」

治子は夫を見た。――何ということか。犯人を夫に逮捕させるつもりでいたのに、自分が逮捕されようとは。

「お前を信じているよ」

山尾は治子の手を握った。「ともかく、一緒に行こう」

「山尾さん、それはちょっと……」

と林が言った。「ちゃんと面会の手続きを取っていただかないと」

治子は、やや自分を取り戻していた。

「私は大丈夫。——あなた、由美のことをお願い」

「しかし……」

「すぐに疑いが晴れるわよ。林さんが手をついて謝ってくれるわ」

「そうだな」

山尾は、弱々しく微笑んだ。

「じゃ、奥さん」

「林さん」

「何です？」

「松井邦子さんは？」

「さっき戻って来ましたよ」

「犯人は彼女だわ」

「そうですか」

「あの人はご主人を憎んでいたのよ」

「それじゃ、なぜ奥さんはあの庭を掘ったんです？」

治子は詰まった。——罠《わな》だ。最初からそのつもりで、邦子は自分にあれこれと話をしたのかもしれない。

何かあるはずだ。何か助かる道が。

林に腕を取られて、治子は表へ出た。

一瞬たじろいだのは、近所の人々が大勢集っていたからだった。

「さあ」

促されて、治子はじっと目を正面へ向けたままパトカーの方へ歩いて行く。

松井邦子と目が合った。——邦子の唇に、わずかに笑みが浮かんだが、それもすぐに消えて、夫の死体を見せられた、黒服の未亡人の哀しげな表情に戻った。

「ママ」

由美が、エリと一緒に走って来た。「どうしたの?」

「ちょっとご用があるの。——いい子にしててね」

と、治子は言った。エリが、ふと玄関に立っていた山尾の方を見た。

「あ、おじちゃんだ」

治子は夫を見た。——夫の顔に当惑の表情が浮かんだ。治子はエリの方へ、

「あの人が、〈おじちゃん〉?」

と訊《き》いた。

「そうだよ。この間、ママと二人でいる所、見ちゃったもん」

山尾があわてた様子で家へ入って行く。

林刑事が、治子に代ってエリへ訊いた。

「今のおじさんが、君のママと仲良しだったの？」

「そうだよ。前にも来てた。こっそり会ってるけど、エリ、知ってるんだ」

林は厳しい表情で松井邦子を見た。

夫が……。そうだったのか。松井邦子と関係して、松井を殺し、罪を治子へ着せようとしたのか……。

「どうやら、奥さんに謝ることになりましたね」

と、林は言った。そして、山尾の後から、玄関を入って行った。

治子は、呆然《ぼうぜん》として突っ立っていた。そして、

「こんなはずじゃなかったのに……」

ポツリと呟いた。


（角川文庫『冬の旅人』に収録）

不文律

宮部みゆき

宮部みゆき（みやべ・みゆき）

一九六〇年東京生まれ。東京都立墨田川高校卒業。法律事務所等に勤務の後、八七年「我らが隣人の犯罪」でオール讀物推理小説新人賞を受賞してデビュー。九二年『龍は眠る』で日本推理作家協会賞長編部門、『本所深川ふしぎ草紙』で吉川英治文学新人賞、九三年『火車』で山本周五郎賞、九七年『蒲生邸事件』で日本ＳＦ大賞、九九年『理由』で直木賞、二〇〇一年『模倣犯』で毎日出版文化賞特別賞を受賞。〇二年司馬遼太郎賞と芸術選奨文部科学大臣賞文学部門、〇七年『名もなき毒』で吉川英治文学賞、〇八年、英訳版『BRAVE STORY』でThe Batchelder Award、二二年菊池寛賞を受賞。

〈埠頭《ふとう》から死のダイビング
一家四人車ごと海中へ　無理心中の疑い〉

隣家の主婦・矢崎幸子《やざきさちこ》の話

「わりとねえ、静かなご家族だったんですよ。上のお子さんの明《あきら》ちゃんが小学校の四年生で、男の子ですからいたずら盛りでしょう？　それでたまにおかあさんに叱られてることがあった程度でね、うちなんか女の子が二人ですけど、片瀬《かたせ》さんとこよかよっぽどうるさいと思いますよ。奥さんもおとなしい人で、いつ顔をあわせてもちゃんと挨拶《あいさつ》するし……。口数は少ない人でしたけどね。

ご主人も、ほら、よく冗談で言うでしょう、伝書鳩って。ああいう感じで、毎朝きちんと七時にうちを出て、夜八時には帰ってくるんですよ。うちの主人と、片瀬さんのご主人で時計を合わせられるわねえって言ってたくらい。え？　あらいやだ、違いますよ。べつに観察してたわけじゃなくて、うちは階段のそばだから、自然と人の出入りがわかるってだけのことなの。ホントですよ。そうね――いいご家族だったんじゃないかしら。うちもこの団地には長いんですけどね。ホント、ああいう奥さんもめずらしかったわぁ」

片瀬満男《みつお》の会社の同僚・津野宏《つのひろし》の話

「事故だったそうじゃないですか。え？　自殺？　心中ですか。うーん、よくわかんないなあ。そりゃ確かに、慣れない営業にいきなり回されてきて、一時は相当悩んでたこともありました。もともと技術畑の出だからね、片瀬さんは。だけど、仕事のことで——いくら悩んだって、それで子供まで道連れにして死ぬもんかなあ。そんなことはしないでしょう。絶対できないよ。親心としてね。女親ってのは、ほら、子供と一心同体ってところがあるから、残していくのは可哀相だっていって、一緒に死んだりしますよね。けど、男親は違うんじゃないですか。もうちょっとクールというか……女親よりも客観的に子供を見てるところがあると思う。物理的にも、二十四時間べったりくっついてるわけじゃないですからね。だから、男親は子供と無理心中なんかできないと思いますね。は？　まず奥さんを説得して、それから二人で話し合って、それで一家で——まあ、そういうことならあるかもしれないけど、でも、新聞で読んだんだけど、車が転落するとき、奥さんが悲鳴をあげてるのを聞いた人がいるとかいうじゃないですか。だとすると、納得ずくの心中じゃなかったってわけでしょ？　やっぱ、事故ですよ。心中だなんて書きたてるのは失礼だと思うな。やめてほしいですね」

片瀬静子《しずこ》の母・伊藤梅子《いとううめこ》の話

「……前の日に電話がありました。家族でドライブに行くって——悩んでるとか、そういう様子はありませんでした。円満だったと思います。満男さんは真面目な人だったから。趣味といったらスケッチに行くことぐらいで、ギャンブルなんてしたことないし……パチンコも麻雀《マージャン》もしないんですよ。借金なんてないです。ないはずです。——はい、あの日はディズニーランドへ行くんだって、言ってました。明と由美《ゆみ》も電話に出て、おばあちゃんにお土産買ってきてあげるって……。すみません、これでもう勘弁してください。お葬式もこれからだし、もう何がなんだか……」

所轄警察署交通課員・天野文雄《あまのふみお》の話

「目撃者の証言によると、片瀬さん一家の乗った車が埠頭から海に向かって飛び出す直前に、車体全体がガタつくようなというか、細かなジグザグ運転をしていたというんですね。この事実については、現場検証のときに、埠頭のアスファルトの上に残ったスリップ痕《こん》からも裏付けられています。運転席で人がもみあっているような様子もあったということですから、おそらく、車ごと海に飛び込もうとする片瀬さんを、助手席に座っていた奥さんが止めようとして争っていたんでしょう。引き上げられたとき、車のドアは完全にしまっていましたし、窓もすべて降りていました。子供さん二人は後部座席にいましたが、転落のショックで前の方に放り出されて、遺体はお母さんと折り重なるようにして倒れていました。

——ただ、ひとつだけ妙なことがあるんですけどね。シートベルトなんですよ。奥さんはシートベルトを締めていたんですが、片瀬さんは締めてないんです。はずしてありました。しかし、これが片瀬さんによる無理心中で、彼一人だけ覚悟を決めていて、奥さんとお子さんたちは巻き込まれたのだとしたら、逆の状態であるはずでしょう？　片瀬さんはきっちりベルトを締めていて、奥さんははずしている——もしくははずそうとした形跡がある——車から逃げだすためにね。そういう形でないとおかしいと思うんですが……。四人とも亡くなってしまったので、確かめようがないのが残念です。冥福《めいふく》を祈るしかありません」

片瀬明の同級生・三好健司《みよしけんじ》の独り言

「アキラがあんなことになっちゃって、もう誘拐ごっこができなくなっちゃった」

片瀬満男の部下・柳《やなぎ》あゆみの同僚との会話

「パリへ連れてってくれるなんて言ってたけど、結局おじゃんになっちゃって……まあ、パリなんてめずらしくもなかったけどね。ユトリロじゃあるまいし、二人でスケッチなんてバカバカしくてやってらんないのにさ、係長ったら、あたしが美大の出だってことを大げさに考えちゃってたから。最初はちょっと素敵な人だと思ってたけど、付き合ってみると中年のおじさんなんてみんな同じね。あんたも気をつけた方がいいわよ。金の切れ目が縁の切れ目でさ、スマートな別れ方のできる相手じゃないと、タイヘンよぉ。おじさんの涙なんか、見たくもないでしょ？」

隣家の主婦・矢崎幸子の話

「おとなしい人ではあったけど、少しね、執念深いっていうか、怖いところはあった奥さんだったわ。そうそう、思い出した、一度ね、あたしが親しくしている四階の奥さんが——名前はいいませんけどね——ゴミ当番をうっかり忘れちゃって、やらなかったことがあったの。その時、一緒に当番だったのが片瀬さんの奥さんでさ、そんなもんだから、しばらくのあいだ、ホールですれ違ったりすると横目でにらまれたって言ってたわ。スーパーのなかとかでも、どっかで誰かに見られてるなあって感じがして振り向くと、片瀬さんの奥さんが遠くからにらんでるんですって。気味悪がってたわね。そのうち止んだようだけど、なにもゴミ当番の一度や二度、いいじゃないのねえ。わざとやったわけじゃあるまいしさ」

片瀬明の担任教師・浅香洋子《あさかようこ》の話

「教育熱心なお母さまでした。といっても、ガミガミ怒ったり、子供さんに無理強いしたりするタイプではなくて、子供の持っている能力を伸ばしてあげたいと考えておられるようでした。明くんは算数が得意でしたから、それは自慢に思っておられたようですね。妹の由美ちゃんも、まだ一年生ですけど、三年生ぐらいで教わるような漢字をスラスラ読み書きすることができて、担任が驚いていたことがあるそうです。
そうですね——あくまでもわたくし個人の抱いた印象ですが、たいへん責任感の強いお母さまでしたので、自分にも厳しいけれど、その分他人にも厳しいというところがおありでした。よろずにつけ無責任なこと、いい加減なことは嫌いだと、はっきりおっしゃっていましたし。理屈っぽいというのではないんですよ。むしろ、純粋な方だと申し上げたほうがあたっていると思います。立派なお母さまでした」

片瀬明の同級生・三好健司の独り言

「ポストに入れといたキョーハクジョー、おまわりさんに見られなかったかなあ……。ママにバレたら、すっげえ怒られちゃうもんなあ」

片瀬満男の部下・柳あゆみの同僚との会話

「女房と別れるから俺と結婚してくれなんてさあ、言い出されてごらんなさいよ。たまんないわよ。こっちはお見合いで3高男をつかまえられそうだってんでウキウキなのにさ、係長ったら……。『俺のこれまでの人生は間違っていた。君と二人でやりなおしたい』なんて、トリハダたっちゃうわよ。だいたい、四十近くなってから本式にデッサンの勉強始めて、それで画家になれるなんて、本気で考えてたのかしら。

——ねえ、だけどさ、あんたも、係長があたしにフラれたせいで自殺したんだと思う？　思わないわよね？　違うわよねえ？　それだったら、一人で死ぬはずだもん。子供まで道連れなんてさ、おかしいわよね？」

片瀬満男の高校時代の友人・元木佑介《もときゆうすけ》の話

「もともとは、僕は、クラス会なんかにはほとんど出ていかなかったんです。うちは進学校でしたからね、昔のクラスメイトはみんな一流大学へ進んで一流企業に入って、バリバリ働いてる企業戦士になってるわけでしょう？　それにひきかえ、僕は駆け出しのイラストレーターだし、食っていくのがやっとの状態ですからね。三十八にもなってまだ独り者だし……はっきりいって、肩身が狭いんですよ。だから、今年の正月明けのクラス会に出ていったのは、なんていうか、魔がさしたとでもいうのかな。最近、小説雑誌とかで挿し絵を描くことも増えて、ちょっと仕事が軌道に乗ってきたってこともあるから、昔よりはいい気分で出席することができると思った——それは、たしかにありました。だけど、行ってみたらとんでもない、誰も僕の仕事のことなんか知らないし、だいたい小説雑誌なんか見てもいないんですね。

ところが、そのなかで、片瀬だけが僕の仕事に興味を持ってくれましてね。すごく熱心に話を聞いてくれたな。こっちも多少脚色してしゃべってたんで——見栄《みえ》もありますからね、はっきり言って——別れてから、あとで決まり悪かったなあ。だから、クラス会から三、四日たって、彼から電話がかかってきたときには、二度びっくりだったなあ。僕の仕事を見てくれたっていうんですよ。わざわざ図書館や本屋を回って雑誌を探してね。嬉《うれ》しかったけど、罪悪感も感じましたね。

『おまえ、頑張ってるんだなあ。いいよな。好きな道で食っていけるんだから、最高の人生だ。実は俺も脱サラして絵の道で食っていきたいと思ってるもんだから、励まされたよ』

そんなことを言われてね。もう、大慌てでしたよ。この道は甘いもんじゃないぞ、俺は見栄張って、いいことばっかりしゃべったけど、現実は厳しいぞって。だけど、彼はもう決心してたみたいでしたね。奥さんには相談したのかって尋ねたら、

『家内とは人生観が根っこから違っちまってるんだ。話しても無駄だ』と言っていた。別れるつもりだったのかもしれないですよ。その別れ話がこじれてあんなことに……嫌な想像ですけどね」

大野《おおの》メンタルクリニック所長・医学博士・大野良夫《よしお》の話

「近代住宅販売さんとは、専属のカウンセリング契約を結んで今年で五年目になります。社員の皆さんが、気軽に、身体の健康相談をするようなつもりで訪ねてくることができる雰囲気をつくろうと努力してきました。それがよかったのか、女子社員の人たちも、会社の帰りに寄ってくれたりするようになりましたよ。頭痛・不眠・イライラや生理不順など、職場の人間関係から生まれるストレスが原因になっていることが多いんです。

片瀬さんが初めて訪ねてきたのは、設計から営業の方に異動になって、三ヵ月ほどたってからのことでした。半年前のことになりますかね。会社としては、技術的な知識を持っている営業マンを養成しようとして異動をかけたんでしょうが、私個人の意見としては、あまり賛成できる方法じゃありませんね。それなら、営業マンが顧客と具体的な交渉に入るときに、技術畑の人間を同行させれば済むことだと思います。

片瀬さんは、自分は口下手なので、営業は辛《つら》いということを話しておられました。

不眠症というほどのものではありませんでしたが、寝付きが悪くなってしまって、昼間も頭痛がするというので、軽い睡眠導入剤を処方しておきました。一週間か十日あけて、二、三回来られましたかね。三度目に来たときには、趣味にしていたスケッチに本腰を入れるようになったとかで、余暇の部分でリフレッシュすることができるようになったんでしょう、ずいぶん明るくなっていました。もう薬も要らないと、はっきり言っていましたし。転職？　画家に？　ほう、それは初耳です。そんなことは、私にはひと言も言っていなかったですよ。

――うーん、難しい質問ですね。私としては、亡くなった時の片瀬さんの精神状態に異常な点があったとは思えません。彼の三度目の来訪は二ヵ月前のことで、それ以降は会っていませんからね。しかし、彼が、設計をやっていたころとは異質の、新しいストレスのなかにいたことは事実ですから、仕事以外の要素で、彼にとって非常に負担になるようなことが発生して、そういう心の重荷が重なってきたら、なにかの拍子にたがはずれてしまう――ということはありえたかもしれません。

しかし、あれは事故だったんでしょう？」

隣家の主婦・矢崎幸子の話

「え？　ご主人に愛人がいた？　会社の人たちがそう言ってるんですか？　はあ、噂で。そうなの。そうだったんですか。いえね……ご主人の気持ちがわからないでもないわね。あの奥さん、性格が暗かったからねえ……」

片瀬満男の妹・片瀬百合子《ゆりこ》の話

「兄は離婚したいと言っていました。その話が初めて出たのは、三ヵ月ぐらい前のことだったと思います。ほかに好きな女性ができてしまったとか言って……職場の部下だと話していました。二十二歳だっていうから、とんでもないことだって、わたしもずいぶん怒ったんですけど、聞く耳持たないという感じでしたね。

静子義姉《ねえ》さんとは、そのことについて直接話したことはありません。やっぱり、できないですよ。ただ、兄は離婚話を持ち出していたようです。半月ぐらい前だったかしら、ちょっと用があって電話したとき、向こうから探りを入れてきましてね。『兄さんからなにか聞いてる?』って。わたしが『なんのこと?』と答えたら、あいまいに口を濁してましたけど。

義姉さんは、すごくいい奥さんでしたよ。兄によく尽くしてくれてたと思います。ただ、その分、兄に対しても色々な意味で要求がきつかったんじゃないかと思います。離婚なんて、絶対ウンと言わなかったはずです。義姉さんとしては、『わたしには何の落ち度もないのに、そんな無責任なことをされちゃ困る』って思ってたでしょうよ。

そういえば、わたし、一度びっくりしたことがありました。兄と義姉さんのあいだでは、二人で相談して決めたことについては、文書に残しておくんだって聞かされたときです。今年の夏休みは沖縄へ連れてゆく、とか、冷蔵庫は冬のボーナスで買い替える、機種はこれこれ、とかね。口約束だといい加減になってしまうから、文書にするんだっていうんです。家庭のなかでね。夫婦なのに。義姉さんは、兄の帰りが遅くなって、先に寝るときにも、なにか用があると、箇条書きに書き出して置き手紙をしておくんですって。『箇条書き』というところが凄《すご》いと思いません？　わたし、その話を聞いたときには、兄が可哀相になりました」

片瀬静子の友人・山田《やまだ》紀子《のりこ》の話

「ここ一ヵ月のあいだ、ご主人とのあいだは、険悪になる一方だったようです。わたしは逐一話を聞かされてましたけど……。

確かに、ほかに女をつくったご主人も悪いと思います。おまけに会社をやめて画家になるとか、夢みたいなことを言い出してましたからね。だけど、静子の方にもよくないところはあったと思いますよ。

彼女、別れる別れないで喧嘩《けんか》をしてるところを子供に見せたくないからって、ご主人あてに手紙を書いてるって言ってました。文章で残しておけば証拠になるから、その方がいいとか言って。情のないやり方だからやめなさいって、わたしは忠告したんですけどね、彼女、やめなかったわ。『片瀬にはわたしと子供たちを養う責任があるんだから、ほかに女ができただの、その女の方を愛してるだの、いまさら言われたって困るのよ。そんな理屈にあわない無責任なこと、あたしは絶対に許さないから』って、頑張っていました。静子は感情的な人じゃなかったから、片瀬さんも大変だったろうと思うことはありましたね。正直言って。

一度、彼女がこんなことを言ってたことがありました。離婚話のときに、片瀬さんが、『おまえがそんなふうに、俺にはおまえたちを養う義務がある、家庭を守る義務があると言い張るのを聞いてると、俺は囚人になったような気がする。俺の人生を抵当にとられたような気がする』って言ったんですって。静子は物凄く怒ってたけど、わたしには、ちょっと、片瀬さんの気持ちがわかるような気がしましたね……。うちの主人に言わせると、『そういう気持ちは、所帯持ちの男なら誰だって抱いてる。家庭は大事だけど、同時に足枷《あしかせ》でもあるわけで、鎖を引きずってるような気がしてくることは俺だってあるよ。だけど、それを口に出しちゃいけないな。それは、旦那《だんな》の方が悪いよ』っていうんだけど」

所轄警察署交通課員・天野文雄の話

「海中から引き上げられた車のなかに、片瀬さんのものと思われる小さなボストンバッグがありまして、そのなかに、夫妻の自宅である分譲型公団住宅の権利証と、実印、住宅ローンの支払いに関する書類一式、それと、貯金通帳が入っていました。これが、よく意味がわからないんですよ。子供を連れて遊びに行こうというのに、なんでこんなものを持っていったのか……。ディズニーランド行き自体は、奥さんの方から提案したものだったようですが、その前にどういう話し合いをしてたのか……」

片瀬明の同級生・三好健司の独り言

「アキラのやつ、急にディズニーランドへ行くことになってさ、誘拐ごっこのこと、忘れちゃってたのかもしれないなあ。朝いちばんで、郵便受けにキョーハクジョー入れておくって約束しといたのにさあ。まずいよなあ。あのキョーハクジョー、どうなったかなあ」

団地の近くのコンビニエンス・ストアの店員の話

「あの日曜日の朝、片瀬さんのご主人が来ました。寝不足みたいで、充血した目をしてたなあ。カップのコーヒーを飲んでいきましたけど、その手が震えてたのをよく覚えてます。あれ、やっぱり心中を決意してたのかなあ……。時間？　早かったですよ。七時ごろだったんじゃないかな」

片瀬明の担任教師・浅香洋子の話

「ああ、誘拐ごっこですか（笑）。子供たちのあいだで流行《はや》っているらしいですね。それほど危険な遊びじゃないんですよ。三人ぐらいで組んで、人質役と犯人役に分かれるんですけどね、まず犯人役の子が、人質役の子に脅迫状をだすんです。『おまえを誘拐した』とね。そうしたら、その人質役の子は、犯人の要求するとおりの身の代金を用意して——身の代金といったって、たいしたものじゃないんですよ。漫画本とか、バーコード・バトラーに使うバーコードの切り抜きとか、その程度のものです——犯人の指示に従うわけです。警察役の子はいません。ですから人質は、人質であると同時に、自分で自分を救け出す役目も果たさなくちゃならないんです。今の子はグループを組んで遊ばないので、一人二役をこなすというわけなんですよ。

で、身の代金の引渡し、これがクライマックスでね、公園のベンチとか、図書館とか、団地の駐車場とか、いろいろな場所を舞台にするんです。人質役の子は、犯人の指示どおりに身の代金を隠したり、投げ捨てたり、置いたりするんですけど、犯人役の子もストレートに取りにくるはずはないですから、ここが駆け引きになるわけです。

いつ、どこから現われるかわからないというスリルがあって、これが楽しいらしいんですね。で、人質が首尾よく犯人を捕まえて自由の身になれたら、人質役の子の勝ち。人質も逃げることができたけど、身の代金をとられて犯人を逃がしてしまったら、引き分け。こっそり現われた犯人に、人質も身の代金も両方を押さえられてしまったら、犯人役の子の勝ちと、こういう遊びです。

脅迫状を出すというところが、少々やりすぎという感じがしないでもないですけど、これが電話だと、親が会話を聞きつけてうるさく干渉したりするし、手紙の方が感じが出るっていうんですね。

子供って、突飛な遊びを考えるものでしょ？」

片瀬家と契約していた新聞販売店の配達員の話

「あの日曜日の朝、僕が朝刊を届けに行ったときに、片瀬さんの郵便受けに、なにか手紙みたいなものが一通入ってました。六時半ごろだったかなあ。あの棟に新聞を配達し終わって自転車に乗ったら、ちょうど片瀬さんのご主人が階段を降りてくるのが見えました。あの人は、日曜日でも朝起きるのが早いんですね」

葬儀の手伝いにきた片瀬満男の従兄《いとこ》・佐野《さの》隆治《たかはる》の話

「ごみ箱のなかに、手紙がちぎって捨ててありました。粉々になってたんで、完全に元どおりにすることはできませんでしたが、だいたいの文面はわかりましたよ。『おまえを誘拐した。身の代金には、おまえの財産すべてを要求する。支払わないかぎり、おまえは永久に自由の身にはなれない』

物騒な内容でしょう？　びっくりして、あれこれ聞いてみたら、明の担任の先生が『誘拐ごっこ』のことを話してくれましてね。今の子は、とんでもない遊びをするなあ。ちゃんとワープロで打った文面なんです。ホント、仰天しましたよ」

片瀬明の同級生・三好健司の独り言

「パパのワープロ、黙って使ったから、バレるとそれもまずいよなあ」

片瀬家の葬儀を担当した葬儀社の社長の内的独白

(こんな小さい子の葬式は、悲しいねえ。仕事とは言っても、嫌だよホントに。それにしても、夫婦《ふうふ》喧嘩《げんか》で無理心中するなんて、困ったもんだ。どっちかが、言っちゃいけないことを言っちまったんじゃないかねえ)

片瀬静子の友人・山田紀子の話

「慰謝料もらって、別れていればよかったのに。ううん、話し合いをしてればよかったのに。顔を突き合わせて生活しているあいだで、手紙なんて、逆効果ですよ」

焼香にきた所轄警察署交通課員・天野文雄の上司との会話

「自由の身になりたければ、金を払え」

「え？　今なんて言ったんですか？」

「なんでもない」

「金を払えとか――」

「君はまだ独り者だからわからないかもしれないね」

「何がですか」

「給料配達人の親父はさ、家族に人質にとられてるようなもんなんだ」

「はあ……」

「片瀬はそこから逃げだそうとしたのかもしれない。身の代金を払って。だからシートベルトがはずれてたのさ。彼は身の代金を払って逃げだそうとしていたんだ」

「――ディズニーランドへ行く途中でですか？」

「なりゆきさ、それは。だから車がジグザグ運転になってさ、海に飛び込んじまったんだよ」

「…………」

「言っちゃいけないんだよ、そんなことは。身の代金だって。人質だって。口に出しちゃいけないんだ。人質にとってる方も、とられてる方も。言わなくてもわかってることなんだから、言っちゃいけない。うっかり言葉に出すと、こういうことになる」

片瀬満男の部下・柳あゆみの同僚との会話

「ねえ、あたしのせいじゃないわよね？　あたし、悪くないわよね？」

片瀬明の同級生・三好健司の独り言

「アキラ、なんで死んじゃったのかな？」

（集英社文庫『地下街の雨』に収録）

花ざかりの家

小池真理子

小池真理子（こいけ・まりこ）
一九五二年、東京都生まれ。成蹊大学文学部卒業。八九年「妻の女友達」で第四十二回日本推理作家協会賞（短編および連作短編集部門）、九六年『恋』で第百十四回直木賞、九八年『欲望』で第五回島清恋愛文学賞、二〇〇六年『虹の彼方』で第十九回柴田錬三郎賞、一二年『無花果の森』で第六十二回芸術選奨文部科学大臣賞文学部門、一三年『沈黙のひと』で第四十七回吉川英治文学賞を受賞。『無伴奏』『怪談』『千日のマリア』『モンローが死んだ日』『異形のものたち』『死の島』『神よ憐れみたまえ』『月夜の森の梟』『アナベル・リイ』など著書多数。

三月になったとはいえ、日が暮れるとさすがに寒い。新橋《しんばし》にある取引先との打合せが、思いがけず早く終ってしまったものだから、なんだか中途半端な形で寒さの中に放り出されたような、妙な気分である。

どこかで温かいおでんでも食べていこう、と思い、道すがら、それらしき店を覗《のぞ》いてみるのだが、どの店もなんとなく敷居が高く、入る気になれない。かといって、用もないのに社に戻り、残業のまねごとをしながら、出前のラーメンなどをすするのも何だか癪《しゃく》だ。

そのままもくもくと歩き続けているうちに、気がつくと手塚《てづか》は、銀座松坂屋《ぎんざまつざかや》の前まで来ていた。

勤め帰りの人々の波に混ざって、ぼんやりと横断歩道を渡った。どこへ行こうというあてもないから、自然に歩調もゆるむ。歩きながらコートのポケットをまさぐり、煙草のパッケージを取り出した。

あと一、二本残っていたはずだと思っていたのに、中は空だった。ないとわかると、むしょうに口がさびしくなる。どこかに煙草の自動販売機でもないものか、と探しまわりながら、手塚は並木《なみき》通りにさしかかった。

間口の狭い細長いビルの前に、看板が立っている。安手の洋食レストランやDP屋の店先にでもあるような、二つ折りになって置かれてあるだけの薄っぺらい小さな看板だ。

『当ビル5階　銀並画廊　倉越幹夫《くらこしみきお》展』

見間違いであることを祈りながら、手塚は立ち止まり、目をこらした。そうしながら、反面、見間違いでないことを強く望んでいる自分を感じた。

二度と顔も見たくない、その名を耳にしたくもない。倉越という同姓の人間がいると、それだけでその人物を嫌悪するような習慣が身についていたほどだったのに、いざ、その名を目の前にすると、すぐにでも顔を拝んでやりたいという衝動にかられてしまう。陰気な顔が思い出され、いたたまれなくなってくる。

看板には、画廊の営業時間が記されてあった。午前十一時から午後七時まで。手塚は腕時計を見た。六時四十五分。まだ間に合う。

入ってどうする、と彼は自分に問いかけた。やあ、と言って挨拶《あいさつ》し、偶然、通りかかって看板を見つけたから寄ってみた、などとお愛想を言い、あいつの下手くそな絵を鑑賞して、おざなりの褒め言葉を繰り返すつもりなのか。

死んだ妻、貴志子《きしこ》の顔が浮かんだ。十五年も前のことだから、手塚の脳裏に甦《よみがえ》る妻の顔は、いつも若い。丸顔のベビーフェイスに、くりくりとした大きな目。機嫌を損ねた子供のように、軽くめくれたぶ厚い唇。貴志子の顔は、雑木林で首を括《くく》った時ですら、やつれておらず、ふざけて木の枝にぶら下がったまま眠ってしまった少女のように見えたものだ。

貴志子を悩ませ、狂わせた倉越は今年で四十七。自分と同じ年なのだから、忘れるはずもなく、そのことが時々、手塚を苛々《いらいら》させる。自分が六十になれば、あいつも六十になり、自分が七十になれば、あいつも七十なのだ、と思うと、どこまでいっても逃げきれない、遠ざけることができないものを相手にした時の疎ましさのようなものを覚える。遠ざけることができないのなら、いっそ、常に目につくところにいてもらいたい、そうすれば、牢獄《ろうごく》の監視人のように、そのすべてを把握できて小気味いいのに、と思うのだが、どこで何をしていたのやら、この十五年というもの、倉越は彼の前に姿を現さなかった。

会ってみよう、と手塚は思った。いなければそれでいい。いたらいたで、内心の動揺を隠しながら、世間話をすることくらいできるだろう。だいたい、ここは貴志子の通夜の席ではないのだ。互いに大人なのだから、会った途端、火花を散らせるようなことにはならないだろう。

ビルに入り、エレベーターに乗って五階で降りた。申し訳程度についている狭いエレベーターホールの奥に、その画廊はあった。手塚は入口から顔を覗かせ、中の様子を窺《うかが》った。

小さな細長い画廊だった。窓はついていない。中央に肘《ひじ》掛《か》け椅子が二つ、センターテーブルをはさんで置かれている。床には、いくつかの大きな花のアレンジメントが並んでいる。個展を祝って贈られたものなのだろう。差し込まれている花は、どれも色合いがけばけばしい。

鑑賞している客はおろか、画廊関係者と思われる人間の姿もなかった。控室なのか、細めに開けられたドアの奥で、水を流す音がするばかりである。

半ばほっとし、半ばがっかりしながら手塚はひとわたり、展示されている絵を見回した。仰々しい額縁に収められてはいるものの、倉越の描く油絵は、十五年たっても相変わらず進歩していなかった。あの世界的に高名な画家、倉越燐《りん》太《た》郎《ろう》を祖父にもつ男の描いた絵とは、素人目にもとても思えない。風景画、静物画、いくらか抽象的な絵……そのいずれをとってみても、筆遣いは稚拙であり、魂などどこにもこめられておらず、これだったら、観光名所の写真入り絵はがきのほうがよっぽどましだ、と手塚は思った。

水道の蛇口をしめる音がし、靴音がした。人の気配がドアの向こうに感じられた。振り向いた手塚の目が、倉越をとらえた。

倉越は別段、驚いた様子も見せなかった。ただ、うっそりと陰気に微笑んだだけだった。

「忘れているはずはないよね」手塚は意識して薄笑いを作りながら、念を押した。挑戦的な言い方になっている。そんな自分が愚かしいと思うのだが、やめられない。「僕が誰だか、わからないはずはないからな」

「十四年ぶりかな。いや、それとも十五年？　違ったかな」倉越は手塚の言葉を完全に無視し、懐かしげな表情すら浮かべて、彼の前に立ち、握手を求めた。「しばらくだね。会えて嬉《うれ》しいよ」

倉越は手塚よりも首ひとつ分だけ背が高い。手塚は倉越を見上げ、さらに差し出された手を見下ろし、そこに自分の手を伸ばす勇気が失われないうちに、と素早く握手を返した。倉越の手は乾いていた。

「仕事で近くを通りかかってね」手塚は、握手したほうの手をズボンのポケットに突っ込み、ぶっきらぼうに言った。「まさか、こんなところで会うことになるとは思わなかったよ」

「元気そうだね」

「どうかな。いつもこんなもんだよ」

「座っていかないか。そろそろ閉める時間だけど、かまわないよ。お茶でもいれよう。いや、ワインのほうがいいな。あいにく、みんな出払ってて……じきに誰か戻ってくるはずなんだけど……」

座っていく気はない、お茶もワインも飲む気はない、これで帰る……そう言いそうになったのだが、あまりに大人げないと思い直し、手塚は黙って着ていたコートを脱ぐと、肘掛け椅子に腰をおろした。

倉越が奥の控室から赤ワインとグラスを持って来た。手慣れた手付きでワインの栓を抜き、グラスに注ぐ倉越を手塚はちらりと盗み見た。その唇が、その目が、そのどこか虚無的な感じのする表情が、その仕草が、かつての貴志子を夢中にさせたのだ。そう思うと、改めて怒りにも似た感情の嵐が身体の奥で渦をまく。

倉越は男の目から見ても、確かに魅力あふれる容貌《ようぼう》の持主だった。頭に白いものが増え、こころもち、太ったような気もするが、それでも昔の容色はいささかも衰えていない。むしろ、年を重ねて、ますます男くささを増したようだ。四十七にして老いの兆候はみじんもなく、年齢を連想させるものから完全に解き放たれているのが、そら恐ろしくさえ感じられる。

他人の容貌や他人の若々しさに、女のような嫉妬《しっと》を覚えるのは馬鹿げていると思いつつ、そう思った瞬間から、手塚は罠《わな》にはまったかのように、倉越から目を離せなくなった。暖房が効き過ぎているわけでもないのに、脇の下に汗が滲《にじ》んだ。

手塚は手渡されたワインを一口、飲み、会話の糸口を探した。過去のこと、過去の人間関係には触れまい、触れたりしたら、貴志子の話とつながってくる……そう自分に言い聞かせるのだが、自然に話題はそちらのほうに傾いてしまう。

「今もS町に？」手塚は聞いた。

「うん」

「まさか未《いま》だに、あの広い家に家族三人ってわけじゃないんだろう？　子供は何人できたんだい」

かすかに首が横に振られる。沈黙が流れ、あたりの空気が淀《よど》んだように感じられた。手塚は軽く咳払《せきばら》いをした。「奥さんやおふくろさんは？　元気なのか」

「母は元気だけど」と倉越は声を曇らせた。「美千代《みちよ》は死んだよ」

倉越の妻、美千代が早晩、死ぬであろうことはわかっていたはずなのに、改めてそう聞かされると、首筋を刷毛《はけ》で撫《な》でられたような不快な気分に襲われた。なのに、詳しいことを知りたいと思う気持ちが押し寄せてきて、我慢できなくなる。手塚は先を促すようにそっとうなずいてみせた。

「飛び下りてね、と倉越は低い声で言った。「病院の屋上から。かれこれ八年になるかな」

そうか、と手塚は言った。美千代の死が、貴志子の死と無関係であることだけが救いだった。貴志子が倉越に夢中になっていた時、すでに美千代は精神に異常をきたし、入院していた。おそらく、美千代は死ぬまで、夫の不貞、夫が抱えこんだトラブルには気づかなかったに違いない。

「再婚したんだ」倉越はぽつりと言った。「三年になる」

ほう、と手塚は言い、皮肉たっぷりに笑ってみせた。「きみなら、女房を探すのに苦労はしなかったんだろうな。さぞかし大勢、候補者がいて、選ぶのに苦労したんだろう」

「そんなことはない」

「いや、そうさ。そうに決まってる」

倉越は目をそらした。沈黙が続いた。四方を壁に囲まれているせいか、表通りの騒音は何ひとつ伝わってこない。誰も戻っては来ず、画廊の外を行き来する人の気配もなかった。耳に入ってくるのは、室内に置かれている加湿器から噴き出される、さあさあという蒸気の音ばかりだ。

「きみのほうはどうしてる」倉越がいくらか表情を明るくし、話題を変えた。

一人だからね、と手塚は言った。「この不況で会社もガタガタだけど、まあ、俺みたいなのは気楽なもんだよ。引きずるものもなければ、守るものもない。地位もなければ、蓄えもない。いい年して、その日暮らしみたいなもんだ」

「住まいは？」

「中野《なかの》のぼろマンションだよ。上の階のくそガキが、ドタドタ走り回るたびに、戸棚に入ってる食器がカスタネットみたいに鳴るようなところさ。わかるだろ」

倉越は西洋人のように奥に引っ込んでいるアーモンド型の目を瞬き、じっと手塚を見た。「再婚はしなかったんだね」

手塚はワイングラスをテーブルの上に置いた。その音が意味ありげに大きく響くことを願って。「そんな質問はきみにされたくないね」

「いや……そんなつもりじゃ……」

「きみにそんな質問をする権利があるとは思えない。そうだろう？」

「すまない」倉越は唇をほとんど動かさずにそう言うと、椅子に深く腰をかけたままうつむいた。「僕のせいだ」

「何が」手塚は意地悪く聞いた。倉越は答えなかった。

入口に人の気配がし、スーツ姿の小柄な初老の男が現れた。手塚をちらりと見、次いで、倉越に軽く会釈をしてから、男は控室のほうに去って行った。画廊関係者らしかった。

潮時だ、と思い、手塚は椅子から立ち上がった。「そろそろ失礼する」

「待ってくれ」倉越は手塚を制した。哀願するような言い方だった。「よかったら、今度の日曜にでも、うちに来てくれないか」

この男は何を考えているのだろう、と手塚は腹立たしく思った。再婚した女房を紹介したい、とでも言い出すつもりなのだろうか。あのやたらと大きな家の、時代劇に出てくる侍屋敷のような家の襖《ふすま》に囲まれた和室で、結婚したばかりの愛妻の手料理を食べさせようとでも言うのだろうか。

「来てほしいんだ」と倉越は控室のほうを気にする素振りを見せながら、声をひそめて繰り返した。「きみが来てくれたら、母もほっとすると思う」

「どうしておふくろさんがほっとするんだ」

「どうして……って、気に病んでいるからだよ」

ははっ、と手塚は乾いた笑い声をあげた。「俺なんかが行ったら、今の奥さんにいろいろと関係を聞かれて困るだろう。やめとけよ、そんな気づかいは。俺のことだったら、気に病む必要はない、っておふくろさんに伝えとけ」

「家内はそんなことを根掘り葉掘り聞くような女じゃない」倉越はそう言い、もう一度、控室のほうを盗み見た。事情を知らない人間が聞いても、何の話なのか、見当もつかないに違いないというのに、倉越のそうした態度は、秘密ごっこでもしているような子供じみた感じがして、手塚の気にいらなかった。

「ま、いいさ」と手塚はコートに袖《そで》を通し、前ボタンに注意を払っているふりをしながら、歩き出した。「その気になった時は、お邪魔することにするよ」

背後で倉越が立ち上がる気配があった。「次の日曜、何か予定でもあるのか」

手塚は入口のあたりで足をとめ、振り返った。「別に」

「じゃあ、来ないか。何時でもかまわない。ずっと家にいるよ」

熱心な誘いに根負けしそうになっている自分を感じ、うろたえ、そのかすかな動揺を悟られまいとした手塚は、黙って倉越を睨《にら》みつけた。

「理由がわからないね」と手塚は笑いをにじませながら言った。「どうしていまごろ、俺を家に呼びたがるのか」

わずかな沈黙があった。倉越はこわばった表情のまま、うつむきながら近づいて来ると、手塚の脇を通り過ぎ、画廊の外に出た。

「水仙だよ」と倉越はぽつりと言った。「今度の日曜あたり、庭の水仙が見頃なんだ」

言葉よりも早く、手塚はその話の意味するところを理解した。思いがけず胸が熱くなった。はめかけていたコートの前ボタンから、指がだらしなく宙に浮いた。自分が怒りにかられているのか、それとも貴志子を思い出して混乱しているだけなのか、わからなかった。

貴志子は花が好きだったが、色のついているものは好まなかった。真紅のバラが束になって花瓶に活《い》けられているのを見ると、あでやかすぎて落ち着かないと言う。木々にぼってりと花をつける牡丹《ぼたん》、椿にいたっては論外で、それらを目にするたびに、顔をしかめるものだから、手塚はよく、きみは花屋に勤めなくて正解だった、きみにかかったら、花屋の店先が葬儀屋に見えちゃうよ、などと冗談めかして言ってやったものだった。

その代わり、貴志子は白い花を愛した。白いものなら何でもよかった。白バラ、白ユリ、白菊、鈴蘭、そして、白い水仙……。

倉越の母親が花好きで、広大な庭に四季折々の花を咲かせるのが趣味であり、その一部に、白い水仙ばかりが咲き誇る花壇があったことは、妻から聞いて知っていた。庭師の老人から少しだけ分けてもらって、妻がいそいそと家に持ち帰って来た時は、小一時間ほどもかけて、その花壇の素晴らしさを聞かされ、閉口したことを覚えている。

「貴志子の命日は五月だぞ」手塚は倉越に従って画廊の外に出るなり言った。「三月じゃない」

「そうだったね」

「水仙を使って供養してくれるつもりなら、命日にしてもらいたいもんだね」

「供養だなんて、そんなつもりじゃ……」

「じゃあ、何故……」

倉越はつと手塚を振り返った。非のうちどころのない容貌《ようぼう》と、完璧《かんぺき》な生活環境を手にしている四十七の男のものとは思えないほど、その表情には危うい脆《もろ》さが読みとれた。「きみに……あの水仙を見せてやりたいと思った。それだけさ」

少女趣味はやめてくれ、と言いたかった。お涙頂戴《なみだちょうだい》はたくさんだ、と言いたかった。

だが、言えなかった。

そうさ、貴志子の死は、正確に言うと、おまえのせいではない。おまえは情にほだされて貴志子を抱いたが、実は彼女のことなど、抱いた瞬間から忘れてしまうような男だった。貴志子が勝手におまえに熱をあげ、一人相撲を取ったあげく、勝手に死んだだけなんだ。

手塚は下唇を嚙《か》みしめると、片手を軽く挙げ、「わかった」と言った。「行くよ」

貴志子がいつ、どうやって、パートの家政婦の仕事を探し出してきたのか、今となっては記憶も定かではない。当時、手塚は勤務先の倒産で職を失ったばかりだった。五歳年下の貴志子と結婚して三年。甘ったるい新婚気分から抜け出し、さて、落ち着いた暮らしを営もうとしていた矢先の思いがけない出来事だった。

手塚は次の仕事を探して歩きまわった。短期間で高収入を得るための仕事はいくらもあったが、妻を養い、いずれ生まれてくるであろう子供を養いながら、様々な保障のもとで腰を落ち着けて働けるような職場はおいそれと見つけることができなかった。焦りが生まれた。

「来週から、私、家政婦さんになるの」

当時、夫婦で暮らしていた相模原市《さがみはら》のS町のアパートで、貴志子は突然、そう言い出した。嬉々《きき》としていきさつを説明し始めた彼女の話をろくに聞こうともしなかったのは、おそらく、仕事探しに奔走していた手塚の中に、妻に先んじられたという場違いな競争意識が働いたせいもあるかもしれない。

やめろ、と言う理由はどこにもなかった。貴志子は料理や家事には天才的な実力を発揮できたが、手塚から見て、他にこれといった才能のない女だった。もし外に働きに出ることがあったら、名もない小会社の片隅で宛名書きをするか、あるいはスーパーのレジの前に立つか、そんな姿しか想像できなかったから、家政婦という仕事はむしろ、貴志子にふさわしいものと言えた。第一、妻が家計を助けてくれるのなら、ありがたいと思わねばならない情況でもあった。

「倉越さんっていう家なの。知ってるでしょ？ ものすごい大きなお屋敷なのよ。ほら、四丁目の酒屋さんの角を曲がった奥にある……」

知らないよ、と手塚は言った。変ねえ、と貴志子は笑った。「あんなに大きな家なのに。まるで旅館みたいなのよ」

倉越と聞いても、その時は、中学時代の同級生だった倉越のことなど、思い出しもしなかった。どこかで聞いたことのある苗字《みょうじ》だとも思わなかった。年若い妻が、大きな屋敷でこきつかわれることを想像し、それもこれも、すべて自分が至らないせいだ、と卑屈になっただけだった。

　パートの勤務は、毎日午前十時から午後四時まで。家中の掃除をし、洗濯をし、メモにある通りの買物をして帰って、夕食のための簡単な下ごしらえをする……それが彼女にあてがわれた仕事だった。

　倉越がパートの家政婦を出入りさせる気になったそもそもの理由は、彼の母親が庭の石段から落ちて、足首を骨折し、家事ができなくなったためだった。倉越の妻、美千代は、そのころすでに入院中だったから、屋敷には母と息子しかいなかった。そのあたりの事情は、貴志子が詳しく聞かせてくれた。

「ご主人はね、一日中、アトリエにこもってて、あまり出てこないの。たまに出てきても、車でどこかに出かけて行って、ろくに顔を見たこともないわ。大奥さん……っていうか、ご主人のお母さんは、寝室にとじこもってるし、昼間なんか、家中がしーんとしてるのよ。お喋《しゃべ》り相手は、庭師の佐竹《さたけ》さんだけ」

　そして、貴志子は、佐竹という庭師の老人から耳打ちされた倉越の家の秘密を楽しそうに打ち明けた。「ご主人の奥さんってね、入院中なんだって。なんか知らないけど、精神がおかしくなったらしいの。もう半年以上、病院暮らしをしてるみたい。それからね、もっとびっくりよ。大奥さんはね、ご主人のほんとのお母さんじゃないんだって。ママハハなんだって。あたし、ずっと変だと思ってたのよ。だって、年よりもずっと若く見える人なんだもの」

そこまで聞かされても、手塚は、妻がパートで通っている家の人間が、かつて自分の知っていた倉越の家族だとは気がつかなかった。迂闊《うかつ》と言えば迂闊だった。もっと早く気づいていれば、早速、倉越に会いに行って旧交を温め、貴志子の気持ちが揺れ始める前に釘《くぎ》をさしておくことができただろうに。

そうこうするうちに、手塚は勤め先を見つけ、再就職を果たすことができた。もうきみは働く必要がなくなった、頃合を見つけて仕事を打ち切りなさい、と言ったのだが、貴志子は聞かない。規則正しく外に出て行って、他人の家を磨き、報酬を得ることが楽しくて仕方のない様子だった。

一日中、留守にしているわけでもなく、夜、手塚が帰宅すると、必ず家にいて、自慢の手料理を作り、待っていてくれるような女だったから、無理にやめろ、と命じるだけの理由は見つけられなかった。第一、新しい職場に慣れることに忙しく、貴志子にかまけている暇はなかった。突然、残業が増えた。接待も多くなった。忙しくなった分だけ、手塚の中に、それまでなかった仕事に対する野心が芽生え始めた。

そんな彼が、妻の様子にかすかな変化が現れたことに気づいたのは、彼女が倉越の家に出入りし始めてから、一年ばかりたったころのことである。

思いつめているような態度をとるかと思うと、急にはしゃぎまわって、饒舌《じょうぜつ》になる。以前よりもいっそう、べたべたと手塚の身体に触れたがることもあれば、逆に彼が手を伸ばしても、気づかなかったふりをして背を向けることもあった。

結婚当初から、どちらかというと色気とは縁遠く、少年の軽やかさと少女の無邪気さを併せもっていたような女だったのに、身体の線にえも言われぬなめらかさが加わった。体重が落ちた様子で、にもかかわらず、張りつめたような眼差《まなざ》しには潤いばかりが増してくる。

もともと、嘘のつけない女だった。子供のように、心の動きが表情や態度、そればかりか肉体そのものに表れてしまう。それが妻の取柄であり、弱点だった。

「何か変わったことでもあったのか」……妻を前にして、おずおずとそう質問してみるようなまねだけはすまい、と手塚は心に決めていた。改めて聞いても、その場しのぎの嘘を聞かされ、かえって腹立たしくなるだけだ。そのうち、必ずぼろを出す。ただ、待っていればいい。

そして、その通りになった。四月も半ばを過ぎた暖かい晩、遅くなって手塚が帰宅すると、電気もつけない部屋で貴志子が膝《ひざ》を抱え、泣いていた。

いったいどうしたんだ、と聞くと、しゃくりあげながら首を横に振る。黙っていてもわからないだろう、と言っても、同じ動作を繰り返す。

わけがわからないな、と彼は言い、わざとそっけなく笑ってみせた。貴志子は手塚を見上げ、大きく顔を歪《ゆが》ませた。

「あたし……あたし……」と彼女は言った。「あなたにずっと、隠してたことがあったの」

知ってるよ、と彼は意地悪く言った。「仕事先のご主人様とやらを相手に、メロドラマを演じてたんだろ？」

貴志子はかわいそうなほどうろたえ、硬直し、小刻みに震え出した。「知ってたの？」

「きみのことなら、なんでもわかるんだ」

「ひどい」

「それはこっちの言うセリフだよ。で、どうした。ドラマは最終回を迎えた、ってわけか？　そう願いたいところだけどな」

貴志子は、わっ、と声をあげて泣き出し、両手で顔を被《おお》った。手塚が妻の浅はかさを醜く思ったのは、後にも先にもその時だけだった。貴志子は泣きながら、途切れ途切れに、倉越を愛していること、こんなに人を愛したのは生まれて初めてだ、ということ、どうすればいいのか、わからなくなったこと、などを打ち明けた。そして、倉越というのが手塚の中学時代の同級生だったことをつけ加えた貴志子は、手塚の当惑をよそに、獣のような声を張り上げながら、「ごめんなさい、ごめんなさい」と畳に額をすりつけ、許しを請い願うというよりもむしろ、そんな自分を救ってほしい、と言わんばかりに泣きじゃくったのだった。

次の日曜日、午後になってから、手塚はS町の駅に降り立った。妻の死後、慌ただしく逃げるように引っ越しを済ませて以来、足を運んだこともなければ、近くを通りかかったこともない。二度と来るはずのない町だと思っていたからか。改札口を出て、十五年という歳月が町並みを大きく変え、昔の面影など、どこにもなくなってしまっていることを知って、彼は大いに面食らった。

かつて、貴志子が好んで買いに行っていた駅前のケーキ屋は、付近の小さな商店と共に取り壊され、四階建てのきらびやかなショッピングセンターになっている。そのケーキ屋で貴志子が好きだったマロンケーキでも手みやげに買って行こう、と相も変わらず、皮肉な演出を考えていた手塚は、どうしたらいいのか、わからなくなり、結局、ショッピングセンターをうろうろしたあげく、果物屋で大粒の苺《いちご》を包んでもらうにとどまった。

客待ちしていたタクシーに乗り、十分もたたないうちに倉越の家に到着すると、野良着を思わせるような汚れた作業衣を身につけた老人が門の前で彼を迎えた。主人から手塚を案内するよう命じられていたようで、老人は「こっち」とだけ言うと、先に立って歩き出した。

腰が曲がってしまっているせいで、〝く〟の字にならなければ歩けない。背中に大きな瘤《こぶ》を背負っており、それが鉛の玉ででもあるかのように、重たげに足をひきずりながら前に進む。見る影もなく老いさらばえてはいるが、老人は、庭の片隅の小屋に住んでいる庭師の佐竹に間違いなかった。

もとより、佐竹は無愛想な老人だった。貴志子には気をゆるしていたようだが、貴志子の件で倉越の屋敷に来た時は、手塚のほうでも佐竹相手に世間話をする余裕などなかったから、ほとんど会話らしい会話を交わしたことがない。佐竹が自分のことを覚えているとも思えず、手塚もまた、むっつり黙ったまま、老人の後に従った。

観音開きになっている開かずの門扉には、小さな屋根がついている。門扉の脇の通用口をくぐりぬけたところに、芽吹き始めた背の高いつつじの木が縦一列に並んでいた。その先には、起伏のある広々とした庭が拡がっており、訪れた者は玄関に辿《たど》り着くまでに、意匠をこらした様々な花壇を目にさせられる仕掛けになっている。

競り合うようにして蕾《つぼみ》をつけているチューリップの一群の脇に、清楚《せいそ》な白い花を咲かせた水仙が見えた。よく晴れた日ではあったが、時折、吹きつけてくる風は冷たく、心もとなげに花を揺らせている水仙は、可憐《かれん》というよりも、どこか寂しげで弱々しい。

こんなものを見るために、わざわざ足を運んできたのかと思うと、手塚は急に腹立たしいような気持ちになった。そこにあるのは、ただの水仙の花壇だった。感傷に耽《ふけ》るために用意された風景とはとても思えず、たとえうまく罠《わな》にはまって感傷的になれたとしても、ここが倉越の家の庭である限り、そんな気持ちに陥ったことを自分は必ず後悔することになるだろう、と手塚は思った。

「よくいらしてくださいました」御影石《みかげいし》が敷きつめられた玄関先で、和服姿の女が正座をし、手塚に向かって深々と頭を下げた。倉越の継母、春江《はるえ》だった。

倉越と春江とは、年が一まわりしか離れていない。まだ六十前のはずと思って見ると、なるほど春江はそれなりに若さをとどめており、熟した柿を思わせる口紅の色もつややかで、独特の気品といい、しなやかな物腰といい、申し分がない。

春江の夫……倉越の父親は、祖父である画家の倉越燐太郎があまりに高名だったため、最初から意気阻喪していたらしい。絵の道に進まずに、事業家の道を選んだ。

赤坂《あかさか》に高級クラブを開き、経営に乗り出したのは、最初の妻が出産した子である倉越が三つか四つになって間もないころ。初めから政財界の人間しか相手にしないと決めていたせいか、ひとたび軌道に乗り始めると経営は順調で、都内のそこかしこに不動産を持つにいたり、さらにそれを転がし続けて、父親はまたたくまに、高額納税者リストに名を連ねるようになった。

倉越が八歳の時、実の母が肺炎で死亡。中学に入って、倉越が父から二度目の母として引き合わされた春江は、父がクラブで目をかけてやっていたホステスの一人だった。息子となる倉越とは、年が十二しか離れておらず、倉越は十三歳にして、二十五歳の若い女を母と呼ぶよう躾《しつ》けられた。

むろん、手塚がこんな話を倉越本人から聞いたことは一度もない。すべて、中学時代に噂好きだった連中から聞かされたことだった。それがただの噂ではなく、事実であるらしいことを確認したのは、持ち回りでPTAの役員をしていた手塚の母親が、寸分違《たが》わない話を母親同士の間の噂話で聞いてきたせいもある。

当時、倉越の家は中野にあった。決して成り金趣味の家ではなく、それどころか質素で陰気な感じのする洋館仕立ての小ぶりの家だった。唯一、羽振りのいい父親がいることを証明していたのは、外車が入るシャッターつきの立派なガレージだけだったが、父親はめったに家に帰って来ないらしく、中はたいてい空だった。

住んでいる家と同様、倉越は口数が少なく、陰気で、目立たない生徒だった。元気だけが取柄の、じゃがいものような顔ばかりが並んでいた教室で、倉越ほどの美貌《びぼう》をもつ生徒がまるで目立たなかったというのも、不思議と言えば不思議である。女の子たちは皆、金持ちの青白い無口な美少年を相手にするよりは、じゃがいもチームとふざけ合っているほうが楽しかったようで、倉越に憧《あこが》れていた女生徒がいたという話も聞いていない。

そんな倉越と手塚が、親しく口をきくようになったのは、ほかでもない、中学三年になった年に、二人して図書委員に選出されたからである。

委員会が行われるたびに、放課後、倉越と帰りが一緒になる。社交を重んじる生真面目な性格だったのか、それとも、友達づきあいに飢えていたのか、帰りがけ、ちょっと寄っていかないか、と倉越の家に誘われたことも何度かあった。

玄関脇にある日のあたらない寒々しい応接間に通されると、まもなくドアにノックの音がし、春江が紅茶と菓子の載った盆を手に、にこにこしながら現れる。子供の目にもそれとわかる高価な和服に身を包み、きりりと髪の毛を結い上げている春江は、母親というよりはむしろ、旅館の年若い女将《おかみ》のように見えて近寄りがたかった。

紅茶をすすり、菓子をつまむのだが、あたりがしんと静かなせいか、落ち着かない。会話は常に途中で途切れ、流行《はやり》の音楽の話やクラスの女の子の話などし始めても、倉越はただ微笑みながら聞いているだけ。おふくろさん、すげえ美人だな、と冗談めかして言ってみても、かすかに瞬《まばた》きをするだけで、反応しない。

面白くないやつだ、と手塚はいつも思っていたものだが、それでも格別、悪い感じがしなかったのは、倉越が厭味《いやみ》な人間ではなかったせいかもしれない。彼は手塚から見れば、玄人はだしの継母に育てられて内向しているだけの、内気な少年に過ぎないように思われた。

大学を出てしばらくたってから、中学時代のクラス会が行われ、その際、人伝《ひとづて》に、倉越の父が死んだこと、遺産を受け継いだ倉越は、祖父のまねをして画家を目指しつつ、父が残したどこかの大邸宅で悠々自適の暮らしをしていること、などを聞かされた。それが倉越に関して語られた、最後の噂話となった。

……春江の案内で座敷に通され、手塚は床の間を背にした席をすすめられた。すでに酒の用意ができている。雪見障子越しに庭が見え、例の白水仙の花壇が目の前に迫っていた。

歳月を経て、家そのものは古びているが、掃除が行き届いていて、無駄なものは何ひとつ置かれていない。庭に面して広い縁側がまっすぐに続いており、縁側がどこかでぐるりと曲がっているのか、それとも行き止まりになっているのか、想像もつかず、襖《ふすま》の向こうにえんえんと、無数の座敷が連なっている気配だけが感じられる。

まもなく、倉越が現れた。明るい緑色のセーターにジーンズ姿で、ジーンズの腿《もも》のあたりには、青い油絵の具が飛び散った跡が見えた。そんな恰好《かっこう》をしていると、十も二十も若く見える。

よく来てくれたね、と倉越は生真面目な口調で言った。そしてそう言うなり、改まった様子で春江の横に正座した。年若い母と息子は、石膏《せっこう》の置物か何かのように、色白の顔を二つ並べて、手塚を正面からじっと見つめた。

「いつか、こうしてきみを招きたかった」倉越が言った。「あやまってすむものではないが、それでも、いつか、こうしてきみに家に来てもらいたいと思ってた。だから……」

「やめてくれ」と手塚は吐き捨てるように言い、座布団の上で、わざと乱暴に足をくずした。「そんな言葉を受けるために、ここに来たわけじゃないよ」

「しかし……」

手塚はかろうじて笑ってみせた。「やめろよ。それ以上、その話を出したら、俺、このまま帰らせてもらうぞ」

春江は目を伏せると、囁《ささや》くような小さな声で「でも」と言った。「私どもの気持ちの問題なんです。いつまた、お目にかかれるかわからない、と思っていたものですから、こうしていらしていただけたことは本当に嬉《うれ》しくて、言葉では言い表せません」

徹底して馬鹿にされている気がした。料亭のような座敷で、花見をしながら酒を飲ませ、一つの命を失わせるにいたった責任から逃れようとしている倉越家の演出が、寒々しいほど幼稚なものに思えた。

「やめましょうよ」手塚は春江に向かって薄く笑った。「いずれにしろ、済んでしまったことです。こんな話、やめましょう」

襖の外にかすかな衣《きぬ》ずれの音がした。春江が倉越に目配せをした。倉越が立ち上がり、襖を開けた。

黒いセーターを着た小柄な若い女が、料理の載った盆を傍らに置き、襖の向こうに正座していた。くっきりとした目鼻立ちの女だった。くせ毛なのか、やわらかくウェーブのかかった短い髪の毛がよく似合って愛らしい。化粧っけのない肌は青白いまでに透明で、病的なほど瘦《や》せているが、セーターの胸のふくらみが異様に大きいせいか、全体として鈍重な印象を与えている。

「家内なんだ」と倉越が女のほうをちらりと見てから言った。「直子《なおこ》。こちらが、手塚君だよ」

直子と呼ばれた女は、畳に両手をついて頭を下げた。とってつけたようにぎくしゃくとした仕草だったため、文楽人形にお辞儀をされたような違和感があった。

場つなぎの会話を始めるためには、恰好の相手が登場したと思ったのも束の間、直子は盆を春江に手渡すと、すぐに奥に引っ込んでしまった。

「奥さんは若いね。幾つ？」

「二十九？　いや、二十八だ」倉越は言った。

「十九も年下なんだな。驚いた。どうやって知り合ったんだい」

「絵のモデルで、うちに出入りしてくれてたことがあって……」

「出入りする女に、おまえは弱いんだな」

言ってしまってから、言い過ぎた、と後悔した。貴志子の話はしたくない、と自分で言ったくせに、つい、皮肉が口をついて出る。

春江が何も気がつかなかったように、ビールの栓を抜き、笑顔で膝《ひざ》をすり合わせながら前に進み出て来て「さあ、どうぞ」と言った。「何もありませんが、くつろいでくださいまし。私どももお相伴させていただきますから、ご遠慮なく」

春江が近づくと、着ていた着物からふわりと、くちなしのような匂いが漂った。何故かわからないが、手塚はその匂いを烈しく嫌悪した。

十五年前、妻から倉越との関係を打ち明けられた翌日の夜、手塚は事前に何の連絡もせず、いきなり倉越の家を訪ねた。

そんなことをしても何の意味もないことはわかっていた。かえって事を大きくするばかりであることもわかっていた。だが、我慢できなかった。妻が不貞を働いた相手が、見知らぬ男であったなら、なんとか許しもしたかもしれない。かつて知っていたあの憂い顔の、度しがたく面白味のない、金持ちの一人息子、倉越でなかったら、そんなことはしなかったかもしれない。

倉越は家にいて、手塚の訪問にさすがに動揺を隠さなかったが、春江の手前もあってか、そそくさと手塚を座敷ではない、アトリエのほうに招き入れた。アトリエは数寄《す》屋《きや》造りの母家の裏に、別棟として建てられていた。

中に入るなり、「すまない」と倉越は言った。そう言いさえすれば、すべては丸くおさまると信じているような子供じみた応答ぶりに、手塚は唖然《あぜん》とした。

まだ三十二歳だった倉越は、中学のころの面影を色濃く残していた。十数年ぶりにその端整な顔を目にすると、あの薄暗い陰気な応接間でぬるくなった紅茶をすすりながら、はずまない会話にしびれを切らしていた時のことが思い出され、手塚の腹立たしさは頂点に達した。

「まさか相手がきみだとは思わなかった」と手塚は言った。「驚いたよ。女房が出入りしている倉越という家が、きみの家だということも気がつかなかった。そりゃあ、そうだよな。俺たちは中学時代、それほど親しかったわけじゃない。卒業以来、会ってもいなかったんだからな」

倉越は黙っていた。アトリエはちらかっていた。片隅にソファーが一つ。腰をおろすよう、勧めるでもなく、倉越はただ、なすすべもない、といった様子で両腕を組み、じっと立っていた。

「きみは知ってたのか、と手塚はたたみかけた。「貴志子が、中学時代の同級生の女房だということは、知ってたのか」

いや、と倉越は言い、苦渋に満ちた面持ちで、ふいに手塚に背を向けた。「知らなかったよ」

「知っていたら？　知っていたとしたら、どうなっていたと思う」

倉越は沈黙を守った。長い長い沈黙だった。絵の具が飛び散った漆喰《しっくい》の白い壁に、蛍光灯の青白い明りが映り、アトリエは冬のプールの底のように、冷え冷えとして見え、実際、ひどく寒かった。

業をにやした手塚が「おい」と言いかけた時、倉越は深い溜《た》め息をついて両肩を震わせた。「同じだよ」

「え？」

「貴志子さんがきみの奥さんだということを知っていても、多分、同じだったと思う。僕は……僕は……女の人に誘われるような態度をとられると、断ることができないんだ。気が弱いせいかもしれない。断るのが気の毒になって……それで……」

突然、手塚はすべてを察した。察すると同時にばかばかしくなった。この憂い顔の、世界の憂鬱《ゆううつ》を一身に背負っているような男は、女房が入院中であるのをいいことに、通いの若い手伝いの女に憧《あこが》れのまなざしを投げかけられ、ふとその気になった。こいつは貴志子を抱いたが、相手は貴志子でなくても、誰でもよかったのだ。

「正直でけっこうだな」手塚は言った。「つまり、貴志子のほうからきみを誘ったというわけだ」

「いや、そうじゃない。彼女は決して……」

「いまさら、貴志子をかばわなくてもいい。きみにそんな権利はないだろう」

倉越は手塚を振り返り、組んでいた腕をはずして、深く頭《こうべ》を垂れた。「すまない」

手塚は着ていたジャケットのポケットから煙草を取り出し、火をつけた。手が震えているのがわかった。

「教えてくれ。何回、寝たんだ」

倉越は頭を垂れたまま、首を横に振った。言えよ、と手塚は言った。「貴志子と何回、寝た」

一度だけだ、と倉越は呻《うめ》くように言った。

ソファーの脇に四角いサイドテーブルがあり、文鎮やら固くなった絵筆やらメモ用紙やら埃《ほこり》だらけの鉄瓶やらが、一かたまりのゴミのようになってごった返している。中に小ぶりの写真立てが転がっていた。

手塚は口から煙を吐き出しながら顎《あご》をしゃくり、「女房か」と聞いた。顔をあげた倉越は彼の視線をたどって、おびえたように「ああ」と低くうなずいた。

美人ではないが、清楚《せいそ》で育ちのよさそうな、髪の長い女のポートレイト写真がおさまっている。写真館で撮影したものか、妙に人工的な感じのする背景は淡いグレー一色に染まっており、見合い用写真のようにも見えた。

「奥さんは入院中なんだろう。このことは知ってるのか」

まさか、と倉越は言った。「知らないよ」

そう言うなり、倉越は深呼吸する時のように、胸をふくらませると、顔を歪《ゆが》ませ、大きく洟《はな》をすすりあげた。形のいい唇が波形を作り、小刻みに震え出した。

こいつは泣いている。そう思った途端、手塚はふいに、凶暴な怒りにかられた。

こいつは泣いている。あろうことか、人の女房を抱き、卑怯《ひきよう》にもそれは彼女に誘惑されたからだと言い訳し、すまないと言って詫《わ》びながら、泣いている。

もしあの時、手塚が煙草を手にしていなければ、テーブルの上にあった埃まみれの鉄瓶をわしづかみにし、倉越の頭上にふりかざしていたかもしれない。

今も時々、手塚は鉄瓶の夢を見る。夢の中の鉄瓶にはべっとりと血糊《ちのり》がついている。なのに、倒れているはずの倉越はどこにもいない。


水仙を愛《め》でながらの、何とも居心地の悪い、作りものめいたもてなしを受けた日、手塚は午後五時ごろになってから、早々に倉越の家を辞去した。一緒になって酒を飲んでいた春江が、少し酔ったのか、六十になろうとしている女には見えないほど妖艶《ようえん》な、ねばるような物腰で、夕食もご一緒にしていってくださいな、と言ってきたのだが、その声はどういうわけか、マンションに帰ってからもいつまでも消えることなく耳に残った。

食事をとりに出かける気持ちにもなれず、部屋でウィスキーをちびりちびりと飲んでいると、改めて貴志子の死が身にしみた。あんなくだらない男にひっかかって、こともあろうに死を選ぶなど、これほど愚かしいことはない、と思う反面、貴志子の無垢《むく》がいとおしくも思えてくる。首を括《くく》ることによって、自分の罪を罰し、夫婦の間の失われた秩序を取り戻そうとした貴志子が、今となっては哀れでならない。

五月のゴールデンウィークが明けたばかりの或《あ》る早朝、ふと目を覚ました手塚は、隣の寝床が空であるばかりか、貴志子が眠った形跡がないことに気づいた。

貴志子と倉越の一件は、夫婦の間に動かしようのない亀裂《きれつ》を残したが、日常生活には、なんとか平穏さが戻りつつあった。すでに貴志子は倉越の家での勤めをやめていた。手塚の留守中、黙って倉越に会いに行っている様子もなかった。手塚が帰宅すると、急いで涙を拭《ふ》き取ったかのように、目が赤く腫《は》れていることが何度かあったものの、それでも貴志子は貴志子なりに自分を戒め、起きてしまったことを乗り越えようと努力している様子が窺《うかが》われた。

だが、その前日、貴志子の様子がひどくおかしかったことを思い出し、手塚は不吉な予感にとらわれた。手塚が帰宅しても、貴志子はぽっかりと穴のあいたような表情をし、頭が痛いからと言って、畳の上に横になったまま、動こうとしなかったのだ。顔に涙の跡を探してみたが、泣いた様子はみじんもない。何が辛《つら》いのか、と聞いても、ただ、頭が痛いの、と繰り返すだけ。

どうしたんだ、と聞くのだが、答えようとしない。なんでも言ってごらん、何を聞かされても驚かないよ、とあやしてみても、ごめんなさい、具合が悪くて、と顔をそむけるばかりである。

しばらくそんなやりとりを繰り返していたのだが、やがて貴志子は何を思ったのか、突然、むっくり起き上がり、台所に立って、戸棚の整理を始めた。今頃、どうした、と聞くと、なんだかこの中のものが気になって、と言う。引き出しを開け、スプーンやフォーク、箸《はし》のたぐいを並べかえ、棚におさまっている食器を取り出しては、丁寧に洗い直して、また元の位置におさめる。これまでも気分がすぐれない時など、貴志子は家の中の整理を始める癖があったが、その時の様子はいつもと違っていた。

布巾《ふきん》を洗い、干し、引き出しから新しい布巾を出してきては、そうする必要などないのに、また洗う。一通りやり終えて、ようやく満足したのか、午前二時を過ぎてから、貴志子はやっと晴れやかな顔を見せてくれた。

何があったのか、教えてくれないか、と改めて聞いてみた。貴志子は人が変わったように、すらすらと喋《しゃべ》り出した。朝、手塚が出勤した直後、春江から電話がかかってきて、最後の給金を渡しそびれている、と言われた。二度と倉越の家に行くつもりはなかったから、「できたら、現金書留で送ってもらえませんか」と頼んだ。春江は了解し、電話はそこで切れた。

「それだけか」と手塚は聞いた。それだけよ、と貴志子はうなずいた。

「だったら、何の問題もないじゃないか」

「そうなのよ。あたしったら、おかしいわね」そう言って、貴志子はとってつけたように笑った。

手塚は狭いアパートを探しまわった。トイレ、風呂場《ふろば》、押し入れ……どこにも貴志子はいなかった。簞笥《たんす》の中も調べてみた。衣類や下着はそっくりそのまま残っていた。玄関先からサンダルだけが消えていた。近所に買物に行く時に、貴志子がいつもはいていたサンダルだった。寝る前に施錠したはずの玄関の鍵《かぎ》は開いていた。着替えるのももどかしく、手塚はパジャマ姿のまま、外に飛び出した。

東の空がオレンジ色に明るく、空全体が澄みわたり、あちこちで雀がさえずり始めていた。昼間、暑くなることを連想させるように、すでに大気は充分、暖まっており、少し走ると汗をかいた。

アパートの近くには、小高い丘があった。宅地開発の波に乗ることを拒否した農家が頑固に持ち続けていた地所で、貴志子はその中を散歩するのが好きだった。日曜の午後、夫婦でどんぐりの実を拾いに行ったこともある。捨てられていた子猫に餌を運んでやったこともある。手塚は迷わずに丘に通じる道をのぼった。

てっぺんにある小さな雑木林に辿《たど》り着いた時、手塚はぜんまいの切れた人形のようになり、ゆっくりと歩みを止めた。すぐ目の前の、若葉の美しい椎《しい》の木の枝で、貴志子が横向きに頭を垂れ、ぶら下がっているのが見えた。顔には朝日がさしていた。叫ぶ気力も失われた。しばらくの間、手塚はぶら下がったままの妻の姿を見ていた。

何の意味があるのか、妻は真っ白い、おろしたてのソックスをはいていた。その爪《つま》先《さき》に一匹の大きな銀蝿がとまっていたことだけが、今もありありと思い出せる。


五月の貴志子の命日が近づいたころ、倉越は手塚に電話をかけてきた。よかったら、また家に来ないか、と相変わらず翳《かげ》りを帯びた声で言う。

「水仙の季節は終わったろう？　今度は何を観賞すればいいんだ」

手塚が皮肉を言うと、通じたのか、通じないのか、倉越はぼそりと「つつじが見頃なんだよ」と言った。

呆《あき》れるよりも先に、気味が悪くなった。この間は水仙、今度はつつじ、次は菖蒲《しょうぶ》で、そのまた次はひまわりか。やめてくれ。

手塚は「悪いが、ここのところ、ちょっと忙しい」と嘘を言った。「せっかくだけど……」

そう言いながら、ふいに説明のつかない混乱を覚えた。貴志子の死後、十五年ぶりに倉越と会い、倉越の家でもてなしを受けてから、ずっと心の中に消えない染みのようにして残されていたものがある。その染みが、今、倉越の声を聞いて、じわじわと拡がっていき、形を作って動き始めたような気がした。

「そうか、忙しいのか」倉越は言った。印象が薄かった。残念そうな口振りではあったが、それもまた、下手な役者のセリフ回しのように、「だったら仕方がないな」

貴志子が死ぬ前の日、何かがあった。そうに違いない、と手塚は確信をこめて考えるようになっていた。それが何かはわからない。倉越が貴志子に会いに来たのか、それとも貴志子が倉越に会いに行ったのか。その時、倉越は貴志子に、何か死を決意させるような決定的な一言を囁《ささや》いたのだろうか。

倉越と春江は、共に神妙な顔をして貴志子の葬儀に現れた。手塚は倉越の胸ぐらをつかんで「何があったんだ」と乱暴に詰め寄り、周囲の人間に止められた。

倉越は「何もない」と言い張った。「本当だ。あれから貴志子さんとは会ったことも、連絡を取り合ったこともない」

妻が言っていた通り、春江の名で貴志子の給金が包まれた現金書留が送られてきた。貴志子の死を公表する前のことだった。だから貴志子があの日、給金を受け取ることを口実に、倉越の家に行ったとは考えられず、だとすると、やはり倉越との間に何かがあった、としか思えない。

改めて、ざっくばらんに聞いてみればいいじゃないか、と思う気持ちと、済んだこと、取返しのつかないことなのだから、二度とその話は持ち出すまい、倉越にも会うまい、と思う気持ちとがせめぎ合った。

「いつかまた、来てほしい」倉越ははにかんだように言った。「うちは家族そろって友達づきあいがほとんどないからね。時々、むしょうに人を招きたくなるんだ。それだけだよ。変に思わないでほしい」

手塚は咳払《せきばら》いをし、間をもたせた。「それにしちゃ、奥さんはおとなしいんだな。この間も奥に引っ込んだきり、出て来なかったじゃないか」

うん、と倉越は言った。「ああいう女なんだ。人見知りが激しくて。以前はそうでもなかったんだが。すまなかったね」

「いや、別に。そんな意味で言ったんじゃない」

直子と会ったのはたった一度だけ。しかも、まるで会話を交わさなかった。なのにその姿は、妙にはっきりと記憶の中に刻みこまれている。

ふいに、説明のつかないものが、めまぐるしく手塚の中をかけめぐった。手塚は狼《ろう》狽《ばい》した。

そういえば、直子は誰かに似ている。顔ではなく、あの表情が。あの仕草が。あの雰囲気が。誰かに似ている。

手塚は慌てて「もしもし?」と声をあげた。「倉越。聞いてるか」

「ああ、聞いてるよ」

「行くよ。次の日曜日。午後にでも」

そうか、と倉越は言った。「嬉《うれ》しいよ」

受話器をおろしてから、手塚は背中に虫が這《は》いずりまわるような違和感を覚えた。直子という女の表情が、死ぬ前日の貴志子の表情に酷似していたことにその時初めて、気がついたからだった。

次の日曜日。手塚は何かに急《せ》かされるような気持ちになり、予定よりも早く家を出て、S町に向かった。

夏を思わせる強い日差しが照りつける日だった。彼は、家族連れで混雑している駅前のショッピングセンターで迷わずにアイスクリームとシャーベットの詰合せを買い、ドライアイスを入れてもらうと、時計も見ずに、すぐタクシーに乗った。

倉越の屋敷の前に到着し、初めて腕時計を覗《のぞ》いてがっかりした。午後零時二十分。いくらなんでも早すぎる、これではまるで昼食の催促に来たようなものだ、と自分でも呆れたが、かといって、いまさらどこかで時間をつぶすのも無意味であるように思われた。第一、近所に喫茶店などありそうもない。

仕方なく、インタホンのボタンを押した。指先に確かな手応《てごた》えが伝わった。軽やかなチャイム音が屋敷中をかけめぐっている様を想像しながら、手塚は自分が緊張していることを知って、少なからず驚いた。

しばらく待ってみたのだが、応答はない。もう一度、今度は少し長めに押してみた。やはり応答はなかった。

留守というのが意外だった。家族全員で買物にでも行ったのか、と思ったが、倉越と春江と直子がそろってスーパーのワゴンを押しながら、客人のための料理の材料を吟味している光景は想像できなかった。

試みに門扉に手をかけてみた。扉は、ぎい、と軋《きし》むような音をたてながら、内側に向かってこともなげに開いた。

ごめんください、と奥に向かって声をかけた。その途端、どこか遠くで風がおこった。広大な屋敷の庭にある木々の枝が、一斉に揺れ始めた。そのさわさわという音が、次から次へと連鎖するように近づいてきて、手塚の声をかき消した。

門扉を後手に閉め、手塚は目を見張った。満開のつつじだった。夥《おびただ》しい数の花をつけた、人の背丈ほどもある巨大なつつじの木が、屋敷に通じる小径《こみち》の両脇を埋めつくしている。何本あるのか。三十本か、四十本か、それ以上か。雲ひとつない群青色の空に向かって、つつじの真紅が炎のように燃えあがり、じっと見つめていると、息苦しくさえなってくる。

どこにも人の影はなかった。庭師の佐竹も今日は休みなのか、姿は見えない。手塚はつつじに囲まれた小径を屋敷に向かって歩き出した。

暑さのせいか、花がむっと匂いたった。蜜《みつ》を求めて飛び交う蜂が、あちこちで低い唸《うな》り声をあげている。白い小径の照りかえしが目に痛く、目を細めれば、つつじの赤がまぶたの裏を血色に染める。

貴志子はやはり、ここに来たのだろうか、と手塚は思った。貴志子は死ぬ前の日、ここに来て、このつつじの小径を歩いたのだろうか。倉越と会うために。倉越の腕に抱かれるために。この血反吐《ちへど》のような色に染まりながら、息を切らせて倉越のアトリエに向かっていたのだろうか。

どこかで歌声がしたように思った。彼は立ち止まった。

女の声だった。途切れ途切れの掠《かす》れた声。風に乗り、その細い弱々しい声は、透明な薄いリボンのように舞いあがっては、木々の梢《こずえ》をかいくぐり、あらぬ彼方《かなた》に消えていく。

手塚は耳をすませた。風がやんだ。歌声は続いていた。声の主はすぐ近くにいる。つつじの群生のすぐ後ろ、手を伸ばせば届くところに。

きんらんどんすの帯しめながら
花嫁ごりょうはなぜ泣くのだろ

血色の花の木の根元に、作られたような小さな空洞ができている。その空洞に女が膝《ひざ》を抱えて座り、歌っていた。

直子だった。半袖《はんそで》の白いブラウスを着て、くるぶしまである長い紺色のスカートをはいている。ブラウスの胸の前ボタンは全部、はずされ、一部がスカートのウェストからだらしなくはみ出している。片方の乳房が、たわわに実った青い果実のように、そこからこぼれ落ちている。

ほとんど色を失っている唇が、童謡の同じフレーズばかりを繰り返した。花嫁ごりょうはなぜ泣くのだろ……花嫁ごりょうはなぜ……。

風が吹き、彼女の歌声を遠くに運び、そしてまたやんだ。手塚の靴が、小径の小石を踏みつけた。じりっ、という音がした。

歌声が止まった。直子が手塚に気づいた。大きく見開いた美しい目が、無表情に彼をとらえた。

「あの」と手塚は声をかけた。

突然、直子の顔におびえが走った。彼女は両手でブラウスをたぐり寄せ、胸もとを隠すと、弾《はじ》かれたように立ち上がった。手塚に背を向け、逃げ出そうとした彼女の白く細い腕をつつじの小枝が引っ掻《か》いた。

「待って」手塚はつつじの空洞に足を踏み入れた。すでに直子は、つつじの群生の外側にいた。ばたばたと小径を駆け抜ける音が響いた。紺色のスカートがゆらめきながら遠ざかった。そしてまもなく、直子の姿はこんもりと瘤《こぶ》を連ねるようにして重なっている植木の向こうに隠れ、見えなくなった。

小さな蜂が手塚の顔にまとわりついた。手塚は小鼻をおし拡げ、荒い息遣いのまま立ちつくした。

ふいに、どこからか人の気配がし、庭師の佐竹が現れた。暑苦しそうな灰色の作業衣に黒い長靴をはき、手に錆《さ》びかけた植木鋏《うえきばさみ》を持っている。

佐竹は垢《あか》じみた白いコットン製の帽子を脱ぐと、くしゃくしゃに丸めて顔の汗を拭《ふ》いた。今しがた直子が駆け抜けていった庭の向こうに視線を投げかけたまま、その、背中に瘤を作った染みだらけの痩《や》せた老人は、ぺっ、と憎々しげに地面に黄色い唾《つば》を吐いた。

「この家に嫁いだ女は」佐竹は嗄《しわが》れた、聞き取りにくい声で言った。「みな、頭が変になりよる」

何故です、と手塚は聞いた。風が吹き、つつじの花が一斉にざわめいた。そして、そのざわめきを待ち受けてでもいたかのように、門扉が軋み、庭のあたりに華やいだ女の声が響きわたった。

「あれだ」佐竹の、とかげを思わせる皺《しわ》に埋もれた小さな目が、声のするほうに向けられた。

春江と倉越の姿が見えた。春江は明るい鼠色の着物に葡萄色《ぶどういろ》の帯をしめている。倉越はジーンズに白いポロシャツ姿。二人とも手にスーパーのものとおぼしき茶色の紙袋を下げている。

春江が先に手塚に気づいた。傍らの息子の腕をとり、春江は軽く身体を預けるようにして手塚を指さし、何か言った。倉越も手塚を見つめた。母と子はそろって、笑顔を作り、手塚に向かって手を振った。

「長い間」と佐竹は言った。「飽きもせずに、母と子でまぐわいおって」

「何ですって？」

手塚は佐竹を凝視した。佐竹は応えずに、手塚に背を向け、茂みの奥に向かって歩き出した。

倉越と春江が、つつじの小径をこちらに向かって歩いてくる。倉越が春江の手からスーパーの袋を受け取った。春江の目が、意味ありげに、ちらりと掠めるようにして倉越をとらえた。倉越は春江の目ではない、風に揺れる春江のうなじの毛に視線を走らせた。絡み合わない二人の視線は、絡み合わないがゆえに、いっそう淫靡《いんび》になまめかしく、真紅に染まった小径の上をさまよい続けた。

何を見た？　手塚は胸の奥にしぼり出すような声を発しながら、手にしたアイスクリームの箱を抱きしめた。死の直前、貴志子はいったい何を見たんだ。いや、貴志子だけではない。倉越の前の妻、美千代は何を見て狂い死ぬことになったのか。そして、今の妻、直子は何を見て、あんなふうになってしまったのか。

まぐわいおって……佐竹の言葉が、つつじが発する濃厚な蜜の匂いの中で渦をまいた。中学時代の倉越の顔が浮かんだ。再婚しながらも、忙しさにかまけて自宅になかなか戻らなかった倉越の父のことが思い出された。当時から、母親らしからぬ色香をふりまき、倉越にべったりとくっついていた春江のことが思い出された。

僕は女の人に誘われると断りきれない……かつて倉越はそう言った。

近づいてくる春江の姿が、燃えるつつじの花の中で鬼女に見えた。手塚は手にしていたアイスクリームの箱を力まかせに春江に押しつけると、何も言わずに門扉に向かって駆け出した。

（講談社文庫『記憶の隠れ家』に収録）

おばあちゃんの家

新津きよみ

新津きよみ（にいつ・きよみ）
長野県生まれ。一九八八年『両面テープのお嬢さん』でデビュー。二〇一八年『二年半待て』で徳間文庫大賞を受賞。『女友達』『トライアングル』『ふたたびの加奈子』など多くの作品が映像化されている。主な著書に『意地悪な食卓』『ただいまつもとの事件簿』『始まりはジ・エンド』『セカンドライフ』『妻の罪状』『なまえは語る』『猫に引かれて善光寺』などがある。

1

西日が眩《まぶ》しい。

目を細めると、わたしは運転席のサンバイザーを下げた。昨夜は寝不足で、疲労がたまっている。通い慣れた道とはいえ、慎重に運転しないといけない。とくにいまの時間帯は、ランドセルを背負った学校帰りの児童たちの姿が目につくので、横断歩道の手前では速度を緩める必要がある。いつ子供が飛び出して来るかわからないからだ。

片道三十分かけて実家に通い始めて半年がたつ。八十代の母は、去年、庭先で転んで腰を打ってから、自宅で介護を受ける身となった。三年前には父を亡くしており、現在、母の介護は兄嫁が中心に担っているが、実の娘であるわたしが知らん顔をしているわけにもいかない。

正直、運転はあまり得意ではない。しかし、自宅から実家へ行くのに電車を利用すると、何度か乗り換えなければならないし、大きな荷物を持って行くこともできない。兄嫁は運転免許を持っていないので、紙おむつや衣類などの介護用品をホームセンターで買って届けるのはわたしの仕事になる。

住宅街に入った。片側二車線ある道路より、白い線で歩道と隔てられただけの住宅街の道路を走るほうが神経を遣う。

――慎重に、慎重にね。

自分の胸に言い聞かせながら、緊張してハンドルを握る。脳裏にさっき別れた母の寂しげな顔が浮かぶ。同じことを何度も繰り返して話すのは、認知症の初期症状なのか。けさ、何を食べたかも思い出せずにいた。しかし、昔のことは細部まで正確に覚えていて驚かされる。

少し先の横断歩道の前に男の子がいるのが目に入った。下校して家に帰り、近くの公園に遊びに行くところなのか。

この横断歩道を越えれば、緩やかなカーブが待っている。母をあの世に見送るまでは、交通事故を起こすわけにはいかない。横断歩道のかなり手前で、わたしはスピードを落とした。

2

「おばあちゃんの家がなくなるかもしれない」

母がひとりごとのようにつぶやいた言葉に、

「それって、お母さんの実家がなくなるってこと？」

思わずソファに身を起こして聞き返したのは、〈ああ、やっぱり、実家っていいなあ〉と、実家のよさを痛感していたところだったからだ。

都内のアパートで一人暮らしをしている麻美《あさみ》は、用事のない週末には千葉県内にある実家に帰省することにしている。料理上手な母親の手料理を食べたいからでもあり、ご近所からのもらいものを持ち帰るためでもあった。大学卒業後、医療従事者向けの雑誌を作る出版社に就職して五年、異動の少ない職場は男性との出会いも少なく、そろそろ婚活でもしようか、などと思案している。

今回は、会ったときから母の顔色がすぐれないとは思っていた。絵手紙サークルの友達からのもらいものだけど、とテーブルに長崎のカステラを置き、じゃあ、お茶にしましょうか、とソファに腰を落ち着けてから、麻美の母はそう切り出したのだった。

――お母さんの実家、すなわち、わたしのおばあちゃんの家。

心の中でそんなふうに置き換えて、「なくなるってどういう意味？」と、麻美はため息をついている母に改めて問うた。

「あのね、昨日、有紀江《ゆきえ》さんのところに行ったら、知らない男の人がいたのよ」

どうぞ、と切り分けたカステラを娘に勧めて、母は重い口を開いた。「連絡もなしに行ったお母さんも悪いかもしれないけど、あそこはお母さんの生まれた家でもあるわけで。女一人所帯なのに、玄関じゃなくて家に上げていたから、余計気になってね。『ああ、ぼくは帰るところでしたから』なんてすぐに腰を上げて、その男の人は帰ったんだけど、そのあとも有紀江さんは言葉を濁して、その人との関係を教えてくれなかったのよ」

「カルチャーセンターで一緒の人とか？」

麻美の母より二つ年上の有紀江も、カルチャーセンターでチョークアートなんていうしゃれた習い事をしている。ふだんは薄化粧で服装も地味にしているが、化粧ばえのする整った顔立ちだ。

「さあ、どうかしら。どこでどう知り合ったとか、どんな仕事をしている人とか、そういう説明は一切抜きに、『あの人、バツイチなんだけど』と前置きして、『わたし、彼にプロポーズされたの』なんて言うんだもの、こっちはもう、びっくりして」

「プロポーズなんて、いきなりそんなふうに言われても……」

麻美も言葉を失った。

「あなたもそう思うでしょう？　でも、有紀江さん、しらっとした顔で言ってのけたのよ」

母の目に憤慨の色が宿った。

「いくつくらいの人？」

「六十ちょっとかしら」

死んだ有紀江の夫と同年齢くらいだ。

「それで、有紀江さんはプロポーズにどう答えたの？」

「返事はまだしてないと言うけど。あれから、有紀江さんとは連絡がとれなくて」

「おばあちゃんの家というか、お母さんの実家がなくなるかもしれないってことは、あの家が人手に渡る可能性があるってこと？」

「だって、そうでしょう？　あの家は、隼人《はやと》兄さんが亡くなってから、有紀江さんが相続した形になっているんだもの。その有紀江さんが誰かと結婚したら、有紀江さんとその人のものになるじゃない。そしたら……」

悔しげにかぶりを振る母を見て、「ちょっと待って。お母さん、落ち着いて」と、麻美は手で制した。

麻美自身も考える時間が必要だった。母と五つ違いの隼人のことを、生前、麻美は「隼人おじさん」と呼んで慕っていた。その隼人に胆管がんが見つかったのは一年三か月前で、発見時はすでに末期の状態だった。わずか四か月闘病しただけで、隼人は天国に旅立っていった。有紀江は、俗に言う未亡人の立場になったわけだ。まだ夫の一周忌も終えないうちに、有紀江に求婚するような男が現れたらしい。

隼人と有紀江に子供はいない。子宝に恵まれなかったのだ。隼人の死後、遺産相続の問題が生じたとき、麻美の母は、二人の子供——麻美とその兄を前にこう宣言した。

「有紀江さんには、長年、あなたたちのおじいちゃんやおばあちゃんと同居してもらって、二人が亡くなるまで世話もしてもらって、すごく感謝してるわ。隼人兄さんが入院したときも、毎日病院に通って献身的に看病してくれた。有紀江さん、とっくに両親や、年の離れたお兄さんも亡くしているし、子供もいないから、これからずっと一人でしょう？　家がないと困るでしょうから、おばあちゃんが住んでいたあの家は、有紀江さんにあげようと思うの」

実家の相続は放棄するという意味だ。母親の意見に異論はなかった。麻美もそれが妥当な形だと思った。

麻美の祖父は四年前に、祖母は二年前に亡くなっている。麻美は、自他共に認めるおばあちゃん子だった。小さいころから祖父母の家に遊びに行くのが楽しみで、行くと必ず祖母が一緒に遊んでくれた。両親に用事があるときなど、麻美一人だけが一週間以上も預けられたこともあった。寡黙な祖父の存在感は薄れて、気がついたらいつしか母の実家は、「おばあちゃんの家」と呼ばれるようになっていた。その祖母が亡くなり、母の兄も亡くなり、住人が伯父《おじ》の配偶者だけになってからも、「おばあちゃんの家」という呼称は変わらない。

「だけど、お母さん。有紀江さんが誰と再婚しようと、わたしたちと有紀江さんの縁が切れるわけじゃないから、おばあちゃんの家にはこれからも行けるでしょう？」

「それは、有紀江さん次第ということになるわね」

と、母は乾いた声で答えたあと、こう言葉を続けた。「たとえば、有紀江さんがその男にそそのかされて、あの家を売ることになったら、そしたら、あそこは人手に渡って……」

「そんな……」

——おばあちゃんの家がなくなる？

麻美も、そこでようやく事の重大さに思い至った。

3

実家がなくなる可能性があると知って、よほどショックだったのだろう。麻美の母は、翌日熱を出して寝込んでしまった。定年退職後ももといた会社の先輩に頼まれて経営コンサルタントの仕事をしている父は、シンガポールに長期出張している最中だ。

麻美は、母のかわりに家の掃除をしてから、しばらく買い物に出なくてもいいように車を出して、レトルトのお粥《かゆ》やインスタント味噌汁《みそしる》などの食料品をスーパーで大量に買い込んで来た。次の休みまで実家には帰れないのだから、そのあいだ体調の悪い母が一人で生活できるようにしておかないとならない。

「お母さん、大丈夫？　わたし、明日《あした》休みをとってもいいけど。病院に連れて行こうか？」

麻美はそう申し出たが、「心配しないで。微熱だから大丈夫よ。あなたはちゃんと仕事しなさい」と断られた。

実家からの帰り、都内の兄の家に寄った。事前に電話をしたら、「俺一人だよ」と言われたので、寄る気になったのだ。兄は都庁に勤めていて、去年結婚したが、結婚と同時に江東《こうとう》区内に三十年ローンを組んでマンションを購入した。

「奥さん、どうしたの？」

まだ建材の匂いのする新築の居間に通されて、麻美は聞いた。兄の妻は、現在妊娠中のはずだ。インテリアコーディネーターとして建築会社に勤めている兄嫁は、出産後は一年間の育児休暇をとる予定だと聞いている。

「実家に帰っているよ」

兄嫁は東京の下町生まれで、新居物件を探す条件も「実家に近いこと」だったという。

「けんかでもした？」

「実家が近いのも良し悪しだな。ちょっとしたことで機嫌を損ねて、『じゃあ、実家に帰らせてもらいます』となるからね」

「でも、子供が生まれたら助かるんじゃない？　奥さんの実家が近いと、赤ちゃんの面倒も見てもらえるでしょう？　保育園に預けて、急に熱を出したとしても、奥さんのお母さんに迎えに行ってもらえるし」

「まあ、そうだけどな」

「ねえ、おばあちゃんの家のことなんだけど」

兄の口から「実家」という言葉が出た機会をとらえて、麻美は切り出した。自分たちの母親の実家に関する問題である以上、兄も巻き込む必要がある。

「有紀江さん、つき合っている男の人がいて、プロポーズされたんですって。それで、お母さん、自分の実家が消滅する可能性に思い至って、ショックのあまり寝込んじゃって」

「ふーん」

兄はたいして関心なさそうに受けて、「残り、もらっていいよね」と、麻美が実家から持ち出したカステラの手みやげに手を伸ばした。その態度に、麻美は何だか肩透かしを食った気分になった。

「男の人と住むために有紀江さんがあの家から出て行ったら、あそこは空き家になって、いずれ売り払われちゃうかもしれないのよ」

そう説明を加えて脅したのだが、

「それはそれで、仕方ないんじゃないの」

と、兄は別段深刻にも受け止めていない様子で、口をもぐもぐさせた。「隼人おじさんが死んで、有紀江さんが不動産を相続したんだろう? だったら、あの家は有紀江さんのもので、売ろうとどうしようと有紀江さんの勝手で、お母さんは口出しできない。もちろん、俺たちもな」

「お兄ちゃん、よくそんなに平気でいられるわね。あそこは、有紀江さんが長年暮らしている家かもしれないけど、お母さんが生まれた家でもあって、わたしたちにとっては思い出が染みついた大好きなおばあちゃんの家でもあるのよ。それがなくなるかもしれないなんて……」

「おまえは、おばあちゃん子だったからな」

兄はそのひとことですませようとしたが、麻美は、男と女の実家に対する考え方の違いが大きいのでは、と思った。

「おばあちゃんが死んだいまも、あそこはお母さんにとっての実家に変わりはない。法律的には有紀江さんの所有物でも、感情的にはそう簡単に割り切れないってことよ」

「じゃあ、どうしたいんだ？　有紀江さんに『男と別れてください』ってお願いするか？」

「そんなこと、言い出せるはずないでしょう？」

何も現実的な解決策を考えてくれない兄に苛立《いらだ》って、麻美は声を荒らげた。「お母さんは、伴侶《はんりょ》を亡くした有紀江さんを気の毒に思って、これから一生、一人でも暮らしていけるように、と実家を譲ったんでしょう？　隼人おじさんが死んで、有紀江さんとは血のつながりがないわけだけど、ずっとあのおばあちゃんの家を守ってくれるものと思い込んでいたのよ。お母さんが裏切られたような気持ちになるのもわかるわ」

「そんなこと言っても、有紀江さんはまだ六十だよ。女性の平均寿命まであと二十五年以上もあるんだ。新しい男が現れても不思議じゃない」

「お兄ちゃん、ずいぶん有紀江さんの肩を持つのね。もう自分のお城ができたから、お母さんの実家がどうなろうとかまわない、そうなのね？」

麻美は、兄嫁の都会的なセンスでインテリアがまとめられた部屋を見回して、皮肉をこめて言った。

「そうは言ってないさ。ただ、有紀江さんの身になって考えてあげてもいいんじゃないか、そう言いたいだけだよ。遠く山形から嫁いで来て、文句一つ言わずに義理の両親を一生懸命世話してくれた。とくに、おばあちゃんのときは苦労したんじゃないかな。寝たきりの老人の介護をしたんだから、頭が下がるよ」

「介護と言うのなら、お母さんだって同じくらい貢献したわよ。おばあちゃんのときには、車で三十分もかけて通っていたじゃない。お母さん、車の運転はあまり得意じゃなかったから、怖い思いをしたこともあったみたいよ。免許を持っていない有紀江さんのために買い物に行ったり、息抜きの時間を与えてあげたりしてたわ」

当時、麻美は任される仕事が増えた時期で、月に一度、祖母の見舞いに行くことができればいいほうだった。実家に帰るたびに、疲れがにじみ出た母の顔を見て心配したものだ。

「とにもかくにも、最終的にはみんな、有紀江さんがおばあちゃんの家を相続することに賛成したんだ。有紀江さんの自由にさせたくないのなら、結婚したとしても、自分の死後は家をお母さんに譲ります、って遺言でも書いてもらうしかない。誰かが有紀江さんにそう頼むんだな」

そう言った兄の目が、〈頼むとしたらおまえだな〉と語っているように麻美には見えた。

4

——自分が悪いほうに考えているだけで、本当は、有紀江さん自身、おばあちゃんの家のことはちゃんと考えてくれているのかもしれない。

麻美は、ひとまず楽観的に受け取ることにして、次の休みに、実家に顔を出して母の体調が悪化していないのを確認してから、母の実家へ向かった。

母の実家で祖父母や伯父が住んでいた家とはいえ、いまの住人は有紀江である。合《あい》鍵《かぎ》があっても、無断で入ることはできないのだ。留守なら留守で仕方ない。何度も出直すしかない。

最寄り駅に降りて、母の実家までは歩いて十五分。途中に小学校があり、周辺の道路は通学路に指定されている。

木造二階建ての母の実家は車道に面しており、二十メートルほど続く緩やかなカーブの途中に建っている格好だ。その車道は幹線道路への抜け道になっているせいか、昔から車の交通量が多い。駅から行くと、母の実家の側に渡るには、かなり手前の横断歩道を利用しなければならない。地域ぐるみで何度も行政に働きかけてきたらしいが、車道の道幅がガードレールを設置する基準には達していないのだという。

「絶対に、一人で表に出てはいけないよ」

遊びに行くたびに、祖母に口すっぱく注意されたものだ。

家の裏が庭になっていて、庭に面した縁側で祖母と一緒に遊ぶのが麻美の楽しみだったので、祖母の言いつけを守り、間違っても一人で玄関から表に出たりはしなかった。家の裏にも細い路地があり、路地に出るのは許されていた。

そんなことを思い出しながら、横断歩道の手前にさしかかると、白線が引かれた歩道のすぐ脇をトラックがスピードを上げて走り抜けていったので、麻美はびくっとした。その瞬間、遠い日の記憶がよみがえった。

あれは、小学校に上がったころだったろうか。母の実家に麻美一人が預けられ、お泊まりした日のことだった。

祖母の部屋は階段を使わずにすむように一階にあったが、階段が好きな麻美は、わがままを言って二階の部屋に布団を敷いてもらった。翌朝、胸が押し潰《つぶ》されそうな圧迫感で目を覚ました。

「麻美ちゃん、大丈夫？」

「怖くなかった？」

「怪我しなかった？」

一緒の布団で寝ていたはずの祖母が麻美をきつく抱き締めながら、そうたたみかけてきた。カーテンの隙間から陽光が射し込んで眩《まぶ》しかったのを覚えている。

「おばあちゃん、どうしたの？　怖い夢でも見たの？」

怖い夢を見て夜中に起きたときに祖母にそうやさしく聞かれたので、麻美も同じような対応をしてみせたのだ。

「ああ、ごめん。何でもないよ」

祖母は、こわばった顔から笑顔になると、「絶対に、一人で表に出てはいけないよ。車がびゅんびゅん走っていて怖いからね。いいね」と、また念を押したので、〈ああ、おばあちゃんは、わたしが交通事故に遭いそうになる夢でも見たのだろう〉と思ったのだった。

そのときはあまり気にもとめなかったが、大学生になり、以前ほど頻繁に母の実家にも行かなくなったころ、母から祖母の不思議な能力について聞かされたのである。

「あなたのおばあちゃんはね、昔、二度ほど予知夢みたいなものを見たことがあるのよ。一度目は、近所の家が燃える夢を見たら、それが何日かたって現実になってね。死人は出なかったけど、火事で全焼したうちがあったの。二度目は、まだ働き盛りの知人の死を予言したのよ。夢でその人が亡くなるのを見た直後、旅行先で不慮の事故で亡くなったの。偶然かもしれないけど、無気味でしょう？　人に話すと、おばあちゃんがみんなに奇異な目で見られたり、魔女扱いされたりしそうだから、いままで黙っていたの」

母は苦笑しながら娘に語ったが、麻美の脳裏には、「二度あることは三度ある」ということわざが浮かんでいた。心配性の祖母は、かわいい孫娘が交通事故に遭うのを極端に恐れていたのだろう。それで、あの当時、あんなに「一人で表に出てはいけない」とうるさく言ったのだろう、と麻美は解釈した。

しかし、もう子供ではない。道路に急に飛び出したりもしなければ、横断歩道だからといって漫然と渡ったりもしない。

——もうちょっと長生きしてほしかったな。

寝たきりになってからは、もの忘れも進んでいたとはいえ、麻美のことは忘れずに枕元でよく話をした。祖母のことを懐かしく思い出しながら、玄関前の門扉に到達すると、カーポートに見慣れない青い車がとまっている。有紀江は車の運転ができない。隼人の車を廃車にしてから、そこは空っぽのはずだった。

——有紀江さんの交際相手？

その男にプロポーズされたという。返事はしたのだろうか。胸騒ぎを覚えながら呼び鈴を押すと、しばらくして有紀江ではない女性の声が応答した。

玄関から現れたのは、麻美と同年齢くらいの女だった。髪の毛を栗色に染め、濃い化粧を施している。黒いスパッツをはいた足元は裸足《はだし》で、男性用のようなゆったりした白いTシャツを合わせている。

「どなた？」

いきなりそう聞かれて、麻美はムッとした。それは、こちらのセリフではないか。

「有紀江さんはいますか？」

「留守だけど」

「有紀江さんのお知り合いですか？　わたし、母に頼まれて、祖母のものを取りに来たんです」

自己紹介するのはしゃくなので、この家との関係を匂わす言葉で切り返す。

「ああ、あなた、親戚《しんせき》ね」

親戚のひとことで片づけられて、麻美の頭に血が上った。何という無礼な女なのだろう。

「わたしは、有紀江さんに留守番を頼まれた者だけど」

「そうですか」

麻美は靴を脱ぐと、勝手にスリッパを履いて家に上がった。他人の許可を得る必要などない。祖母の遺品はまだこの家にある。どうとでも家に上がる理由は作れる。

庭に面した縁側のついた部屋を祖母は寝室にしていた。そこへ向かう麻美のあとを、有紀江から留守番を頼まれたという女はついて来る。

「ついて来ないでください」

うっとうしくなって、振り返ると睨《にら》みつけてやった。最初からため口を使われているのも気に障った。人の家だというのに、裸足で廊下をぺたぺた歩く無神経さも気に食わない。

「だって、わたし、留守番を頼まれたから」

「今回だけですよね。ここはわたしの母が生まれた家で、死んだ祖父母や伯父《おじ》が住んでいた家なんです。わたしはここに何度も寝泊まりしているんです」

「それがどうしたの？」

と、女が顎《あご》を上げて返してきたので、麻美は言葉に詰まった。

「あなた、わたしの父のことは聞いてない？」

「聞いてません」

心あたりはあったが、知らないふりをしてやった。

「有紀江さん、わたしの父と結婚するかもしれないのよ」

そう言って、女は微笑んだ。勝ち誇ったような笑みにぶつかって、麻美の胸は焦燥感にあふれた。

祖母の部屋に行くのはやめて、麻美は居間に移動した。この女と話をつけなければならない。居間に入った途端、かすかに煙草の臭いがして、麻美は顔をしかめた。祖父も伯父も煙草は吸わなかったこの家で、最近入り込んだ誰かが煙草を吸ったのだ。あるいは、この女自身か。

「有紀江さんからは、まだその話、きちんと聞いていませんけど」

ソファに向かい合ってそう切り出すと、

「あら、有紀江さんはきちんと話したかったみたいだけど、あなたのお母さんが聞く耳を持たなかったみたいでね。『そんな話やめて』って、すぐに遮られたとか」

と、女は肩をすくめながら答えた。「だったら、娘のあなたに話したほうが早いわね」

「うかがいます」

麻美は、下腹に力をこめた。母と有紀江。どちらがうそをついたのか。

「わたしの父は、飲食店を経営しているんだけど、そこに有紀江さんたちのグループが来てね、何度か顔を合わせているうちに有紀江さんと親しくなって、個人的に会うようになって」

女は、自分の父親が経営している店の名前と場所を言い添えたが、それは隣町にあり、「バル」がついた店名からして洋風居酒屋のようだった。

「有紀江さんたちのグループというのは、チョークアートのサークルのことですか？」

「ああ、そう、それ。黒板にチョークでイラストやデザインした文字を描くやつ。うちの店にも置いてあるけどね」

それで、この女の父親が経営する店に行くようになったのか。

「最近のことですか？」

「ううん、最初に来たのは三年くらい前だったかな」

「三年前？」

三年前といえば、まだ有紀江が祖母を介護していた時期である。麻美の母が有紀江に息抜きの時間を与えるために、定期的に車で実家に通っていたときだ。その母が捻《ねん》出《しゅつ》した息抜きの時間を利用して、有紀江はその店に顔を出していたというのか。

「二人が交際するようになったのは？」

「それは、あなたのおじさんが死んでからよ。あーら、やだ、不倫を疑っているとしたら、そんなんじゃない、全然違うから安心して」

女は、不謹慎にも下卑た言葉を使って笑った。

「お店の名前はわかりましたが、肝心のお父さまの名前はいまだにわからないんですけど」

こちらはあくまでも敬語で通して、皮肉っぽく言う。

「小《こ》宮《みや》って名前よ。小さいお宮と書くの」

「小宮さんは、ここには来られたんですか？」

「えっ？　ああ、一度来たかな」

女が目をそらして答えたので、何か後ろめたいことでもあるのだろう、と麻美は察した。

「それで、小宮さん」と、知り得たばかりの名前で呼ぶ。「お父さんのお店を手伝っているんですか？」

「たまにね」

「お母さまは？　亡くなられたんですか？」

父親がバツイチとは知っていたが、あえてそう聞いてみた。

「うちの親は、わたしが小学生のときに離婚したの」

「きょうだいはおられるんですか？」

「弟が一人。母親のほうに引き取られたけど」

いまはどうしているかわからないが、両親は離婚していて、娘は父親に、息子は母親に引き取られたらしい。小宮の娘から聞き出した係累の情報を頭の中で整理していると、

「身上調査？」

と、小宮の娘は上目遣いに麻美を見て、「まあ、とにかく、うちの父と有紀江さん

から正式に話はあると思うけどね」と言った。

「小宮さんにお会いする前に、有紀江さんとじっくり話し合う必要があると思うんですけど」

と、麻美は警告を与える言い方をした。「さっきも言いましたけど、ここは母の実家で、亡くなった祖父母や伯父が住んでいた家でもあるんです。隼人おじさんが亡くなっても、有紀江さんとわたしたちとの縁は切れません。相互に扶養義務があるという意味ですけど。有紀江さんがどなたと再婚しようと有紀江さんの自由かもしれませんが、その場合でもわたしたち家族との縁は切れないんです。この家に関する問題は、親族のわたしたちにも及びます。きちんと話し合いをしないと」

「それは、有紀江さんにも父にも言っておくけど」

「お願いします。有紀江さんとは連絡がとれない状態なので」

「有紀江さんがあえて連絡をとらずにいるのかもね」

と、小宮の娘は、小気味よさそうに意味深な発言をした。

「有紀江さんは、いまどこにいるんですか？　あなたのお父さまのところですか？」

すでに同居して、店を手伝うような仲に発展しているのだろうか。

「さあ、どこにいるのかしら」

小宮の娘ははぐらかすと、「この家と土地は、有紀江さん名義になっているんです

って ね」と、言葉を続けて目を輝かせた。

「相続放棄は、母なりの考えがあってしたことです」

小宮の娘が何を企《たくら》んでいるかがわかり、憤りを覚えた麻美は、「有紀江さんの将来を思ってしたことです」と言い換えた。

5

――おばあちゃんの家に行ったら、見知らぬ女が留守番をしていた。

そんな報告をしたら、今度は高熱を出して、母はまた寝込んでしまうかもしれない。手に入れたばかりの自分の城に固執し、お腹の大きい妻のご機嫌とりに必死の兄にも頼れない。

そう考えた麻美は、父が長期出張から帰るまでに何とかしようと決めた。相変わらず有紀江とは連絡がとれない。自宅に電話をかけても出ないし、携帯電話も留守番電話になったままだ。

週が明けると、仕事帰りに小宮が経営する店に行くことにした。

店に向かう前に、まず駅前の不動産屋を何軒かはしごした。

「引っ越しを考えているんですけど、このあたりの家賃の相場はどのくらいですか?」

「買い物するには便利な場所ですか?」

「病院や図書館は近くにありますか?」

あたりさわりのない質問を向けながら、飲食店の情報なども入手した。

情報収集に時間がかかったため、店に着いたときは九時を回っていた。ガラス張りの店内をのぞくと、スーツ姿の男性や若い男女で混んでいる。ピンク色のネオンサインで店名が映し出される趣向はこだわりを感じさせる。

中央に円形のバーカウンターが設置され、テーブル席も立ち飲み席もある。店名に「バル」が入っているが、見たところ英国パブ風の店だ。カウンターの中には体格のよい若い男性のバーテンダーがいて、飲み物を作っていた。麻美が「黒生を」と注文すると、「かしこまりました」と、彼はきれいに口角を上げて応じた。

生ビールが入ったグラスがカウンターに置かれるのと同時に、麻美の隣のスツールに女が座った。

「いらっしゃい」

上半身を傾けてきた女は、小宮の娘だった。

「麻美さん、偵察に来たの?」

小宮の娘は、麻美の名を呼んだ。麻美の家族に関しては、有紀江から情報を得ただろうから、名前を知っていても不思議ではない。

「有紀江さんがいるかと思って」

「あら、ここにはいないけど」

ほらね、というふうに小宮の娘は店内を見回してから、麻美に顔を近づけた。店内が賑《にぎ》やかすぎて、そうしないと声が聞き取れない。

「どこにいるんですか？」

「さあ、どこかしら」

首をかしげた小宮の娘の前に、背の高いグラスが置かれた。カクテルらしいオレンジ色の飲み物が入っている。

「サンキュー」

小宮の娘はグラスを掲げると、カウンター内のバーテンダーに目配せした。飲み物の好みを心得ている。麻美は、二人の濃密な関係を察した。

「わたしたちの意向は、有紀江さんに伝えてくれましたか？」

「まあね」

「じゃあ、連絡するように伝えてください」

「伝えるけど、そちらの希望どおりにはならないかもね」

「どういう意味ですか？」

「有紀江さん、死んだ夫の両親と同居していたでしょう？　傍目《はため》には円満な同居生活に見えたかもしれないけど、あれで、いろいろ不満があったみたいだから」

「本人がそう言っていたんですか？」

「そうよ。嫌なことはいっぱいあったけど、我慢していたんですって」

「たとえば、どんなことですか？」

「それは、わたしの口からはとても言えないわ。ともかく、嫁姑《しゅうとめ》問題とか、いろいろつらいことがあったのね。彼女、おとなしいから、無理して合わせていたんじゃない？」

「いままでの生活に不満があったとしたら、それも含めて話し合いたい。そう有紀江さんに伝えてください」

麻美は、スツールから降りた。

――大丈夫。まだ入籍はしていない。有紀江さんは、本心では迷っているんだわ。

小宮の娘の態度からそう推測して、少し安堵《あんど》した。すでに籍を入れていれば、「二人は結婚した」と言い、もっと強気に出るだろう。義父母の介護を献身的にし、病気になった夫にも気丈に接した有紀江である。道理をわきまえているはずだ。夫の親戚《しんせき》に断りもなく再婚するような義理を欠いた非常識な人間だとは思えない。

「あっ、そうそう。あそこ、明日《あした》から彼が住むから」

帰りかけた麻美を呼び止めて、小宮の娘はカウンター内の若い男に視線を当てた。

短髪で長身、肩幅の広い、昔スポーツでもやっていたような体格の男だ。

「この人、事情があって、いまのアパートに住めなくなっちゃったのよ」

「有紀江さんが許可したんですか?」

「ええ、そうよ」

「本当に、有紀江さんが? あなたたちが強引にそう言わせたんじゃないんですか?」

「人聞きの悪いこと言わないで。有紀江さんが親切心からそう言ってくれたのよ」

と、小宮の娘は言い、ねえ、とバーテンダーの男にウインクした。

――おばあちゃんの家に、縁もゆかりもない他人が住み着くなんて。

口の中に苦い液体がわき、麻美は息苦しくてたまらなくなった。

6

麻美の勘は当たっていた。有紀江が許可するはずがなかったのだ。

「大変、有紀江さんがうちに逃げ込んで来たのよ」

三日後、母からうわずった声の電話を受けた麻美は、仕事を終えるなりまっすぐ実家に向かった。

「わたし、小宮さんの家でずっと見張られていたの。携帯電話も鍵《かぎ》も取り上げられて。彼がトイレに入った隙を見て、外に逃げ出したんだけど」

居間のソファに向かい合うと、有紀江は青ざめた顔で言った。「昼も夜も、小宮さんと娘の千恵《ちえ》さんが交替で、わたしにつき添っていたのよ。表面的には笑顔で接していたけど、あれはまさに監視ね。どこかへ出かけようとすると『車出すから』って言われるし、『家に荷物を取りに帰りたい』と訴えても、『じゃあ、かわりに取って来てあげるから』って言われるし」

「でも、最初は、有紀江さんの意思で小宮さんの家に行ったんでしょう?」

少し腹立たしさを覚えながら、麻美は聞いた。

「それは、そうだけど。小宮さん、親切だし、お料理も上手だし、最初は、鴨のコンフィの作り方を教わるという口実で行って、それで、そのまま……」

ずっと軟禁状態に置かれていたというわけか。

「おばあちゃんの家にはもう変な男が住み着いているんだって」

と、麻美の母は魂を抜かれたような声を出すと、もうわたしは口を挟む気力もない、あとは二人で話して、というふうに自室へ下がってしまった。

「有紀江さん、小宮さんのことはどう思っているんですか?」

有紀江の気持ちが肝心だ。

「どうって……正直、好意は持っていたわ。会ったころから、そう三年前くらいから。ああ、でも、おかしな気持ちじゃないのよ。隼人さんを裏切ったりするようなことは絶対になかった。だけど、何人もで行って、わたしだけチヤホヤされたから、嬉《うれ》しかったというか。麻美さんももう大人だから話しちゃうけど、わたしは隼人さんしか男を知らないの。その隼人さんが亡くなって、何だかすごく寂しくなってね。そんなときに、男の人に情熱的に言い寄られて、甘い言葉でささやかれたら、つい心がぐらつくわよね。『君のようなきれいな人と一緒に店をやっていきたい』とか、『娘も二人が一緒になることに賛成している』とか言われて……。でも、何だか変だな、と思い始めて」

「結婚を急《せ》かされたから？」

予想がついてそう問うと、有紀江はため息をつきながらうなずいた。

「婚姻届まで用意されていて、善は急げみたいに急かされて。その前に、婚家の悪口を聞き出そうとしたり、不動産の名義のことを聞かれたりしたから、おかしいな、とは思ったの。『舅《しゅうと》や姑との同居生活は苦労したでしょう？』って聞かれて、『苦労はあったけど、楽しいこともいっぱいあった』って答えたら、『ここでは自分を抑える必要はない。我慢しなくていい。すべてさらけ出せばいい』なんて言われて、『夫の親族が煩わしいのなら、死後離婚という方法もある。姻族関係終了届を提出すれば、あちらとはすっぱり縁は切れるから』って勧められたり、『一緒に住むようになったら、あの家も土地もいらなくなる。だったら、売ったほうがいい』とも勧められたりしたわ」

「入れ知恵されたんですね。まるで洗脳じゃないですか。あの店は、四年前までは普通の居酒屋で、あまりはやっていなかったんです。洋風のバルにするのに改装費用をかけすぎて、あの親子、だいぶ借金があるのかもしれませんね」

「そう、明け方、親子でそんな話をしていたのを聞いたわ。小宮さんがわたしに近づいたのは、お金目あてだったのね」

借金があるかどうかはわからないが、店を和風の居酒屋から洋風のバルに改装してから繁盛したという情報は、駅前の不動産屋から仕入れてあった。

「お金がすべてだったとは思いません。少なくとも、出会ったときは、純粋に有紀江さんの魅力に惹《ひ》かれていたのでしょう。だけど、隼人おじさんが亡くなって、有紀江さんが土地と家を相続したと知った途端、気持ちに不純なものが混じってしまったのでしょうね」

「ああ、あの家を出るんじゃなかったわ」

有紀江は、泣き顔になった。「いまあそこに住み着いているのは、千恵さんの恋人なの。『一度、帰らせて』と小宮さんや千恵さんに頼んだんだけど、『あなたの荷物はこちらで運び出すから。今日からここがあなたの家だから』って……。このまま彼らにあの家をのっとられたらどうしよう」

「大丈夫。そんなことは絶対にさせないから」

わたしに任せておいて、と請け合ったものの、具体的な対策など何も思いつかない麻美だった。

7

店の定休日は知っている。その日の昼間を狙って行けば、あのバーテンダーの男はいるだろう。

麻美はその日に有休をとって、母の実家に行った。カーポートには先日とは違う車体の低い黒塗りの車がとまっていた。

玄関に回って呼び鈴を押し、しばらく待ったが、応答はない。留守なのか。男が留守のあいだに、業者に頼んで鍵をつけ替えてしまおうかとも考えた。この家の所有者は有紀江である。そういう権限はあるのではないか。

ドアに手をかけると、鍵がかかっていない。呼吸を整えてから、ドアを開ける。煙草臭が玄関にまで充満している。てのひらで鼻を覆って「こんにちは」とかけた声がくぐもったものになる。やはり、応答はない。少し待ってみて声を張り上げると、「何だよ」と、右手の部屋のふすま戸が開いて、大きな図体《ずうたい》の男が現れた。寝ていたのだろう。ジャージ姿で頭はボサボサだ。

「わたし、有紀江さんの義理の姪《めい》ですけど」

威圧感のある男を前にして、声が震えた。煙草の臭いがきつくなったので、やはりこの男が吸っているのだろう。服に紫煙が染みついているようだ。

「有紀江さんって?」

「この家の住人です」

「住人は俺だけど」

バーテンダーとして店にいたときとはまるで違う無愛想な表情で、男は言った。

「所有者は、有紀江さんです。ここは、わたしの母の実家で、祖父母が住んでいた家でもあるんです」

「所有者が誰だろうと、昔誰が住んでいようと、そんなの関係ない。俺は、小宮さんからここに住んでいいと言われたんでね」

「小宮さんは、ここの大家ではありません」

「そんなこと、俺の知ったこっちゃない。こっちは小宮さんに家賃を払っているんだよ。もういい？　もう寝るんで。ほとんど徹夜だったから眠いんだよ」

大きなあくびをすると、男は部屋へ引っ込もうとした。

「警察に通報しますよ」

麻美は、用意していた言葉を投げかけた。

「警察？」

男が身体をこちらに向け直し、細い眉《まゆ》をひそめた。「何で警察なんだよ」

「有紀江さんは、小宮さんの家に監禁されていましたよね」

「監禁？　何だ、それ。知らねえよ」

「有紀江さんは、小宮さん、つまりあなたの恋人の父親とは結婚しません。したがって、ここも売りません」

「だから、そんなこと知らねえ、関係ねえって」

男は首をすくめて、だらだらした口調でこう続けた。「とにかく、俺はいますごーく眠たいんだ。寝かせてちょうだいな。ここは俺が小宮さんから借りている家で、俺の大家は小宮さんなんだ。文句があるなら小宮さんに言ってくれよ。そういうわけだから。以上」

「わかりました。警察を呼んで、事情を話します」

麻美は、携帯電話を耳に当てた。

「何だよ、何で俺が警察沙汰《ざた》に巻き込まれなくちゃいけねえんだよ」

男は色をなしてすごむと、いきなりふすま戸を足で蹴《け》り上げた。

ふすま戸が破れ、穴が開いたのを見て、麻美は身体を硬直させた。

「話をつけるなら、大家としてくださいよ。それが常識でしょう。お願いしますよ」

男は急に軟らかな口調になると、作り笑いまで見せて部屋に引っ込んだ。

玄関に取り残された麻美は、身体を震わせていた。全身の皮膚が粟立《あわだ》っている。祖父も父も伯父《おじ》も兄も、自分のまわりの身近な男性は、揃って穏やかな性格だった。間近で見た男の凶暴性に気圧《けお》されていた。

——あの男は、このままずっとここに居座り続けるつもりなんだわ。

実績を作って、居住権を主張する作戦を、小宮の父娘《おやこ》と練ったのかもしれない。そうやって、こちらが音を上げるのを待っているのだろう。

——おばあちゃん、助けて。

麻美は、心の中で天国の祖母に助けを求めた。あの男は、これからもああやって、家中に煙草の煙を吐き散らかし、ものを破壊して、威嚇し続けるのだろうか。

——あんな男におばあちゃんの家を傷つけられるくらいなら……。

麻美の頭の中で、恐ろしい計画が形作られつつあった。

8

長期出張中の父の帰宅まで一週間を切った。

有紀江は、麻美の実家に身を寄せている。

小宮からも娘の千恵からも連絡はない。有紀江の居場所は調べればわかりそうなものなのに、乗り込んで来ないということは、そうすれば自分たちの立場が不利になるとわかっているからだろう。直接、有紀江とは接触せずに、ひたすら男を有紀江の家に住まわせて、家がのっとられるかもしれないという恐怖を与えようとしているのだろう。やはり、音を上げるのを待っているのだ、と麻美は推理を巡らせた。業を煮やして有紀江が行動を起こせば、ふたたび小宮の父娘に拉致《らち》されて、監禁されるおそれもある。時間をかけて説得すれば、有紀江一人くらい籠絡《ろうらく》して結婚まで誘導するのは簡単だ、とあちらは思っているに違いない。

麻美は、店内に千恵とあのバーテンダーの男がいるのを店の外からひそかに確認した夜、その足で母の実家へ向かった。

鍵《かぎ》はつけ替えられてはいない。合鍵を使って家に入り、二階に上がる。迅速に行動を起こさないといけない。幼いころ祖母と一緒に寝泊まりした二階の部屋は、麻美の母が子供のときに使っていた部屋でもあった。この家で一番日当たりのよい部屋だ。鍵をかけて、カーテンを少しだけ開けて、出窓に持って来たものを置くと、急いで一階に戻る。鍵を閉めて、外に出る。

夜中でも、祖母の家に面した車道は車の往来が途切れない。横断歩道まで足早に歩くと、麻美はそこでマスクをはずした。

9

――あと何回、こうやって車で通えばいいのだろう。

もう半年以上通い続けている道を運転しながら、わたしは思う。あと十回？ 二十回？ 三十回？ いや、終わることを望んでいるわけではない。自分の母親である。できるだけ長生きしてほしい、と望んではいる。

しかし、自分の身体が悲鳴を上げているのがわかるのだ。兄嫁の負担を軽減するため、自宅から実家まで車で通いながらの介護生活を続けているが、週に一、二度通うのは確かにきつい。パート勤めのない日は、朝早くに行って夕方に帰ったり、あるいは夕方に出かけて、明け方に帰ったりする。そのまま仮眠もせずにパートに出る日もある。寝不足で注意散漫になり、運転をあやまりはしないか、つねに不安で仕方ない。

今回は、兄嫁にゆっくり寝てもらうために、夜間の母の世話を担当した。紙おむつを替えたり、痰《たん》の吸引をしたり、水を飲ませたり。

そして、明け方、兄嫁にバトンタッチしたのだった。

先日の新聞に掲載されていた親の介護についての記事を思い出す。片方の親が残された場合、その介護を担うのは、実の娘であるケースが多いという。わたしみたいに、自宅から実家まで定期的に車を走らせて親の介護に通う者も多いはずだ。

——大変な思いをしているのは、わたしだけじゃない。

いつの世にも、どこかに、自分と同じ立場の女性が少なからずいる。そのことにわたしは勇気づけられて、めげそうになる気持ちを奮い立たせているのかもしれない。

——慎重に、慎重にね。

自分の胸に言い聞かせながら、けさも緊張してハンドルを握る。認知症が進み、娘の名前を思い出すまでに時間がかかった母の顔を思い浮かべると、涙で視界がかすむ。

緩やかなカーブにさしかかった。そのとき、道路に沿った建物の二階の窓のあたり、視界の隅で何かが光った。思わずわたしは目をつぶった。一瞬ののちに目を開けると、対向車線からトラックが蛇行しながら走ってくる。

——危ない！

トラックを避けるようにしてハンドルを切り、わたしはブレーキを踏み込んだ。

無事に停車させた瞬間、背後でものすごい衝突音が上がった。

10

——二十三日午前五時半ごろ、千葉県Y市M町で、トラックが沿道の生垣を突き破って民家に突っ込む事故があった。埼玉県K市の運送会社の運転手牧田修《まきたおさむ》さん（六四）と、一階の玄関脇の部屋で寝ていた飲食店店員柏原秀人《かしわばらひでと》さん（二六）の二人の死亡が搬送先の病院で確認された。現場にブレーキ痕《こん》がなかったことから、牧田運転手の居眠り運転が原因ではないかとみられる。

11

麻美は、更地になった母の実家跡——おばあちゃんの家があった場所——を、車道の向かい側から眺めていた。

トラックが母の実家に突っ込む事故が起きてから半年。バーテンダーの恋人を失った千恵は、事故のあと半狂乱になった。「あの家は呪われている」と言い、その呪いの親戚《しんせき》筋だから、と有紀江や麻美を忌み嫌うようになって、自ら遠ざかっていった。

娘の身を案じた小宮も同様に、あの家にも有紀江にも近づかなくなった。

事故の原因は、埼玉県から千葉県まで夜通しトラックを走らせた運転手の居眠りによるものとされているが、果たしてそうなのだろうか。千恵の恋人、柏原秀人が寝ていた部屋だけではなく、その奥の納戸や風呂場《ふろば》まで損壊し、大きな被害を受けた。

――だから、更地にして売ろう。

有紀江と麻美の家族が話し合って、そう決めたのは、しかし、事故のせいではなかった。事故を起こした運転手が勤務していた運送会社からは、家屋の損壊部分を補償する賠償金が支払われたから、家を直そうと思えば直せたのだ。

けれども、そうはしなかった。今後のことを話し合おうとしたときに、ちょうど地元の不動産会社から「あそこを売りませんか」と持ちかけられたのである。広範囲にわたり道路を拡張する計画が市で持ち上がっているという。

「あの家は一人で住むには広くて、掃除も大変だし、わたしの手にあまっていたの。思いきって住みやすいマンションにでも移ろうかしら」

有紀江から言い出してくれてよかったのかもしれない。

――もうこれ以上、おばあちゃんの家に執着しなくてもいいんだよ。

麻美は、亡くなった祖母の声が聞こえた気がした。

あのとき、麻美は、母の実家があの男に汚され、傷つけられるくらいなら、いっそのこと燃やしてしまおう、と考えた。祖母が夢を見て予言したという昔の近所の火事。調べてみたら、それは家人が留守中の昼間の出火で、出火原因は二階の出窓に置かれていた水晶玉の置物によるものと判明したという。水晶のような凸レンズ状の透明な物体によって太陽光を一点に集めた結果、可燃物を発火させる事態へと発展してしまうことがある。それを収れん火災と呼ぶのだが、祖母が予知した火事がまさにそれだった。

それを知った麻美は、自分も試してみようと考えた。あの夜、入手した水晶玉の置物を手に母の実家に忍び込み、二階の出窓にそれを置いて家を出たのだ。

――火事になって、すべて燃えてなくなってしまえばいい。あの男が住めなくなればいい。

願いが天国のおばあちゃんに届きますように、と水晶玉に手を合わせ、念をこめて祈ってから母の実家をあとにしたのだが……。

しかし、起きたのは火事ではなく、明け方トラックが家に突っ込むという予期せぬ事故だった……。

――二人の命が奪われたのだ。

痛ましい悲惨な結末に、麻美の背筋は凍った。偶然かもしれないが、自分の願いが天国の祖母に届いたという意味で、わたしが引き起こした惨事かもしれない、と責任を感じた。事故の原因は、居眠り運転などではなかったのではないか。あの瞬間、二階の窓辺に置かれた水晶玉が光って、運転手が眩《まぶ》しさのあまり、ハンドル操作をあやまった可能性も考えられるからだ。

——おばあちゃんは、あの時点で、将来起こる危険を察知していたのだ。

有紀江が家を出ないでいたら、事故に巻き込まれたのは有紀江だったかもしれない。

「おばあちゃん、ありがとう。そして、さようなら」

そう小声でつぶやくと、麻美はその場を立ち去った。

（角川ホラー文庫『シェアメイト』に収録）

裂けた繭

矢樹　純

矢樹純（やぎ・じゅん）

一九七六年、青森県生まれ。弘前大学人文学科卒業。実の妹とコンビを組み『加藤山羊』の合同ペンネームで、二〇〇二年、スピリッツ増刊（小学館）にてデビュー。一二年、第十回「このミステリーがすごい！」大賞に応募した『Sのための覚え書き　かごめ荘連続殺人事件』で小説家デビュー。一九年に上梓した『夫の骨』が注目を集め、二〇年に表題作で第七十三回日本推理作家協会賞短編部門を受賞。他の著書に『がらくた少女と人喰い煙突』『妻は忘れない』『幸せの国殺人事件』などがある。

一

「誠司《せいじ》、お母さんそろそろ行くね」

階下から聞こえた洗面所と台所を慌ただしく行き来する物音で、出勤時間が近いことは分かっていた。それでも誠司の母は、わざわざ二階に上がり、廊下に朝昼兼用の食事を置くと、きちんとドア越しに声をかける。

そうしなければ誠司は壁を殴ったり、どんどんと床を踏み鳴らしたりして抗議するからだ。約束をないがしろにすることを、誠司は決して許さない。

母親が家の中にいる間は、誠司はトイレを使わない。だから家を出る時と帰った時には合図として、必ず外から声をかけることになっている。誠司が定めたルールの一つだった。

「卵とハムのサンドイッチとコーヒー牛乳とゼリー。それとキウイも切ったから」

誠司は座椅子にもたれてテレビゲームをしながら、今日の献立を告げる母親の無感情な声を聞いている。いつものようにテレビ画面から目を離さず、返事もしなかった。

ノートパソコンが置かれた小さなこたつと、ウレタンの潰《つぶ》れた座椅子。その正面に二十四インチの液晶テレビ。右手の窓に面した壁際には、湿った布団がもうずっと敷かれたままになっている。床一面に積み上がったゴミの入ったビニール袋、排泄物《はいせつぶつ》を溜《た》めたペットボトル、汚れた衣類、雑誌の山などで足の踏み場もない六畳間は、息をするのが苦痛なほどの異様な臭いが漂っていた。

カーテンを閉め切った仄暗《ほのぐら》い室内に、ゲームのBGMと効果音、かちゃかちゃとコントローラーを操作する音だけが響く。にきび跡の凹凸が目立つ誠司の頰と、生え際の白髪が、ちらちらとテレビ画面に照らされて光っていた。もう長いこと風呂《ふろ》に入っていないため、肩まで伸びた髪の毛は、脂じみて束になっている。

偏った食生活のせいか、まだ二十代の半ばだというのに体は不健康にたるみ、腹と腰の肉がだらしなくスウェットのウエストゴムの上に乗っている。朝と晩に母親が部屋の外に食事を置いていくが、誠司は野菜には一切手をつけなかった。食べたいものだけを食べ、足りなければ深夜でも朝方であっても母親のスマートフォンにメッセージを送り、菓子パンや弁当を買いに行かせた。

誠司の視線が、テレビから部屋の入口へと移る。今日に限って母親は、なかなかドアの前から去らなかった。言葉を発することはしないが、何か言いたげな気配が伝わってくる。やがてわざとらしく咳《せき》をして、お母さんはここにいるのよ、といじましく主張した。

ドアには誠司が取りつけたナンバー式の南京錠が二つもかけられていて、母親は部屋に入ったら殺すと言い渡されていた。誠司が母親にさせる約束は、いつもそんなふうに一方的だった。

バン、と大きな音が響き渡る。誠司が手元にあった漫画雑誌を、ドアに投げつけたのだ。

弾《はじ》かれたように廊下を叩《たた》くスリッパの音と、階段を踏み外したらしいガタンという音。ほどなく玄関の扉が開閉し鍵《かぎ》がかかる音がしたあと、家の中は静かになった。聞こえるのはまた、誠司がゲームをする音だけとなる。

「用が済んだら、すぐ下に降りるって約束だろうが」

舌打ちのあと、口の中でつぶやくと、誠司はコントローラーを苛立《いらだ》たしげに床に放り出した。画面の中のリアルな戦闘機が、薄く煙を吹き出しながら地面に落ちていく。火柱が上がり、床の上のコントローラーが長く振動する。誠司は握った拳《こぶし》を強く目に押し当て、歯を食いしばって言葉にならない声を上げた。そうすることで、自分が破裂しそうになるのをこらえているようだった。

「――お母さん、言いたいことがあったんじゃないの」

やがて、息を吐き切ってぽかんと開いた誠司の口から、そんな言葉が発せられた。

舌足らずな、少女のような口調だ。

「こっちは、聞きたくないんだよ。聞く義理もないし」

再び最初の乱暴な話し方に戻り、そう言い捨てる。

「誠司の、好きにすればいいけどさ」

口を尖《とが》らせて、拗《す》ねたようなしゃべり方。その時だけ、誠司は喉《のど》を絞り、少し高い声を作る。

「余計なお節介はやめろよ、みゆな」

《みゆな》は誠司が作り出した、彼のただ一人の友達だ。誠司はもう二年近く、《みゆな》としか口をきいていない。

「大きい声出さないでよ。近所に聞こえたら、お母さんに病院連れてかれるかも」

《みゆな》がそう注意すると、誠司が、ふふふ、と演技じみた笑い声を漏らす。それが途中で、力が抜けたようなため息に変わる。

「んなわけねえじゃん。そもそも、あいつがやらせたんだから」

薄くまばらに伸びた髭《ひげ》を引っ張りながら、誠司はつまらなそうに言った。

誠司の架空の友達《みゆな》が生まれたのは、十年ほど前、誠司が不登校になった中学生の頃のことだ。

中学一年の冬から、誠司は学校に行けなくなった。友達はいなかったがいじめに遭っていたわけではなく、理由ははっきりしなかった。朝、目が覚めても布団から出られず、何をする気も起きなくなった。期末試験の勉強の疲れが出たのかもしれない。数日経てば気力も回復するだろうと仮病を使って休むうち、ずるずると二週間が経ち、そのまま冬休みに入って年が明けると、登校することを考えただけで腹痛と吐き気がするようになった。内科を受診しても原因は分からず、母親は不登校の相談窓口や児童精神科の外来に出向いてアドバイスを受けた。

そこで母親は、子供に気持ちを整理させるためには自分自身と対話させるのが効果的だと聞きかじってきたらしい。丸い癖のある字で「心の友達とおしゃべりしよう！」と表紙に書かれたノートを渡され、友達に打ち明けるつもりで、自分の気持ちを書いてみるようにと勧められた。

今もクローゼットの奥に仕舞われているそのノートに、誠司はこれまでの出来事や、現在の思いを書きつけた。初めは自分が何を考えているのかすら分からず、手が動かなかったが、母親が教えたように友達に語りかけたり、友達から問われたことに答えたりという形なら、気持ちを言葉にすることができた。

なぜ突然学校に行けなくなったのか、自分でもよく分からず、不安と焦りで押し潰されそうだった誠司は、馬鹿らしく思える方法であってもそれに縋《すが》った。

その対話相手として誠司が心の内に作り出した友達が《みゆな》だった。《みゆな》の名前と性格は、当時好きだった学園ミステリーのヒロインから拝借した。主人公の少年が探偵役で、《みゆな》は少年の推理を手助けする頭脳明晰《めいせき》な幼馴染《おさななじみ》。彼女なら悩みごとの相談相手としても頼りになりそうだった。異性の友達に設定したのは、同年代の男子に対して苦手意識があったからだ。

『父親が家を出て行ったんだ。「自分がいない方が誠司の気持ちが落ち着くから」なんて言ってたらしいけど、逃げたに決まってる。俺が父親にキレたのは、今まで成績のことばっか言われて、どんなに嫌だったか分かってほしかったからなのに』

『母親は、俺が頼んだことはなんでもしてくれるけど、ちゃんと話を聞いてくれない。学校に行くことを考えると死にたくなるとか、同じクラスのやつらが自分とは違う生き物にしか思えないとか、何を言っても「そういうことってあるよ」って軽く流されて、本当に伝わってるようには思えない』

最初は照れもあったのか、自分の気持ちを書くことしかできなかった。だが《みゆな》の受け答えを書いてみることで、自分や周囲を俯瞰《ふかん》できることが分かった。

『お母さんは、誠司と本気で向き合うのが怖いんだよ。自分の子育てが失敗だったって認めたくないから。だからとにかく世話を焼いて、義務を果たした気になってるんだと思う』

『誠司はお父さんに厳しくされたせいで、自己評価が低くなっちゃったんじゃない？　叱られてばかりで、褒められたことがなかったでしょう。だから何をやっても自分は駄目だって、思い込んじゃってるんだよ』

　ノートの対話のおかげで、誠司はこれまで気づいていなかった自身と両親との問題を掘り下げることができた。しかしその先にあったのは、この両親が結局のところ、自分を受け入れてはくれないのだという絶望だった。

　成績や生活態度について口うるさく注意はするが息子と関わろうとしなかった父親は、家を出た半年後に誠司に一言もなく母親と離婚し、二度と戻ってこなかった。

　母親は相変わらず誠司の表面上の問題だけに向き合い、核心的な部分には触れないようにしていた。そうすることが恐ろしいからか、単に面倒だからかは分からない。

　母親は誠司がどんなに聞いてほしいこと、理解してほしいことがあっても、呆《ほう》けた顔で相づちを打つだけで、すべてを受け流し続けた。

　生きていくのに不自由はないが誰も誠司に向き合ってはくれない空虚な家族関係の中で、いつしか《みゆな》は、誠司のよりどころになった。現在のように、ノートに書くのではなく直接《みゆな》と話すようになったのは、孤独な誠司が人と接する温かみを切望し、《みゆな》に声という実体を持たせたかったからだろう。

　だが、誠司は始終こうして《みゆな》と対話してきたわけではない。誠司が《みゆな》と話すのは、強いストレスを感じている時――無意識に心を安定させたいと感じている時だった。

「俺、こんなことしてて、大丈夫なのかな」

座椅子の背に体を預けたまま、誠司が弱々しくつぶやく。

「誠司は悪くないよ。仕方なかったんだから」

宙を見つめていた誠司の眼差しが、暗い光を帯びた。布団の方に手を伸ばすと、ティッシュペーパーの箱を引き寄せる。手作りのティッシュカバーは色が褪《あ》せ、レースの部分には埃《ほこり》が溜《た》まっていた。

引き出したティッシュペーパーを半分に千切ると、固く丸めて両方の鼻に詰める。それから顔を自分の肘《ひじ》の内側に押しつけ、匂いを感じないことを確かめた。

こたつのノートパソコンの隣に置いてある医療用のゴーグルとマスクをつけ、決意したように立ち上がると、床に散乱したゴミ袋を足を使って端に寄せ、半畳ほどの空間を作る。部屋の奥へ進み、大きく息を吸ってから、テレビの向かい側の壁のクローゼットの扉を開けた。

扉の取っ手を摑《つか》んだまま、「うえっ」と誠司がマスクの中でくぐもった声を漏らす。

室内のゴミと排泄物《はいせつぶつ》の臭いに甘ったるい芳香剤の香りが混じり、続いて魚の血やはらわたを腐らせたような強烈な臭いが漂ってきた。

先ほど、出勤前の母親が誠司に言いたかったのは、この件だろう。

誠司はその場にしゃがみ込むと、背中を丸めて何度もえずいた。ようやく顔を上げ、ゴーグルをずらして服の袖《そで》で涙を拭《ぬぐ》うと、クローゼットの中の毛布で包まれた塊に手を伸ばす。

毛布の端がめくれ、無精ひげに覆われた青白い男の顔があらわになった。開いたままのまぶたから覗《のぞ》く眼球は、膜がかかったように濁り、水分を失ってしぼんでいた。

二

誠司は死体の顔を見ないようにしながら、クローゼットの扉をさらに大きく引き開け、奥の方へ腕を突っ込んだ。まずはカセットコンロを掴み出して床に置くと、それからクローゼットの中に体を入れ、一抱えもある大きな鍋《なべ》を両手で引っ張り出す。

先ほどゴミを寄せて作ったスペースまで鍋を運ぶと、折り畳んで中に入れてある防水シートを取り出し、その場に広げた。シートの中央にカセットコンロと鍋を設置すると再びクローゼットまで戻り、今度は水の入ったポリタンクと、白い粉の入った厚手のジッパー付き保存袋を抱えてくる。

「お母さんが帰ってくるの、いつも夕方の六時くらいだよね。それまでに済むかな」

「間に合わなかったら、明日《あした》またやるしかないだろ」

「まあ、あとは頭だけだから、いけるかな。胴体が一番大変だったものね」

ポリタンクの持ち手にかけてあったゴム手袋をはめながら、誠司は小声でつぶやき続ける。《みゆな》と話していた方が、気が紛れるのだろう。

タンクの中の水をすべて鍋に移すと、コンロに火をつける。袋のジッパーを開け、入れたままにしていたプラスチックスプーンで几帳面《きちようめん》に五杯分の粉を水に落とした。再び袋の口を閉めてクローゼットに放り込むと、一旦《いつたん》腰を伸ばし、それから音を立てないようにそろそろと布団の横の窓を開ける。臭いが外に漏れる心配はあったが、換気が必要だった。

レールに挟まったガラスの破片が擦《こす》れ、きゅっと不快な音を立てた。窓ガラスに開いた三角形の穴は、ダンボールとガムテープで簡単に塞《ふさ》いだだけになっている。

誠司が閉じこもる六畳間に重大な事態が生じたのは、五日前のことだった。

母親が出勤してからそれほど経っていなかったので、時間はおそらく昼前くらいだろう。窓の外から、かすかな砂利を踏む音が聞こえた。

誠司の部屋は家の裏の細い路地に面していて、建物と路地からの目隠しとなるブロック塀との間は、庭とは呼べないような砂利を敷いただけの通路になっている。

野良猫が入り込んだとしても、窓を閉めていて聞こえるような足音を立てることはない。こたつに寝転んで毎週母親に買ってこさせる漫画雑誌を読んでいた誠司は、本を床に伏せると、ゆっくりと体を起こした。

しばらく待っても、それ以上、外からは何の物音もしない。気のせいだったのかと再び誠司が横になろうとした時、窓のすぐ近くで金属がぶつかるような音がした。続けて、くぐもったごつんという音とともに、床に振動が伝わってくる。二回目はそれにガラスの割れるような音が重なった。誠司はびくりと体を震わせ、素早くこたつにもぐり込むと息をひそめた。

サッシ窓が静かにレールを滑る音。次いで部屋の中に、すうっと冷たい空気が流れ込んだ。閉じられていた水色の遮光カーテンが内側に膨らみ、その隙間から、黒いニット帽をかぶった頭が覗いた。

すぐさまマイナスドライバーを握った手が窓の桟を掴むと、靴を履いたままの足がにゅっとカーテンの裾《すそ》から突き出される。しわくちゃの浅黒い顔をした小柄な男は、短い足を畳むようにして窓枠を乗り越え、部屋の中に侵入すると、素早く元どおりに窓を閉めた。年齢は五十代くらいと見えるが、猿のように身軽な動きだった。頭を低くしてしゃがみ、ぎょろりと光る目だけを動かす。ここで部屋の異様さに気がついたのか、男は驚いたように眉《まゆ》を上げると、警戒している様子でそろそろと首を回し、周団を確認した。

その視線が、窓の横に敷かれた布団に向けられた時だった。不意に壁際のテレビの電源が入り、ワイドショーのコメンテーターの朗らかな笑い声が響いた。男は慌てた顔で体を捻《ひね》り、窓に飛びついて引き開けた。

逃げ出そうと身を乗り出した時、襟首に生白い手が伸びた。床の上に仰向けに倒された男の喉《のど》を、毛玉だらけの靴下を履いた足が踏みつける。

げえ、と男は呻《うめ》き、丸い目を飛び出しそうなほどに見開いた。マイナスドライバーを振り上げ、誠司のふくらはぎに突き立てようとするが、力が入らないのか床に取り落とす。そのドライバーを蹴《け》って転がすと、誠司は激昂《げっこう》した様子で再び男の喉に踵《かかと》を打ち込んだ。めきっと何かが砕ける音がした。あえぐように大きく開いた口の端から、血の泡がこぼれる。

ふう、ふうと尖《とが》らせた口から息を吹き出しながら、誠司は体重をかけて何度も男の喉を踏みつけた。そのたびに男の頭が、壊れた人形のように跳ね回った。

やがて、誠司は疲れたふうに動作を止めると、握り締めていたテレビのリモコンを不思議そうに見つめた。部屋の中には嗅《か》ぎ慣れない生臭い臭いが漂っている。

部屋に入った者は殺す。そんな約束事があるとは、男には知る由もなかっただろう。耳が肩につきそうなほど深く首を折り曲げ、どろりと虚《うつ》ろな目をしたまま動かなくなった男を、誠司は肩で息をしながら見下ろしていた。

「――泥棒、だったのかな」

声が上擦り、上手《うま》く《みゆな》になりきれない。

「きっと、プロパンガスのボンベを踏み台にして登ってきたんだ。ちょうどこの窓の下が、庇《ひさし》になってるから。不用心だって、ずっと思ってたんだよ」

力が抜けたようにその場に座り込むと、誠司は天井を仰いで目を閉じた。

「まじかよ。どうする、これ」

「どっかに捨ててくるとか、無理だよね。誠司、外に出られないし」

「隠しといても、絶対臭いでばれるぞ。やばいって。クソジジイ、なんで入ってくんだよ！」

「落ち着こう、ねえ。何か方法はあるはずだから」

早口でそんな対話をしながら、誠司は《みゆな》の声を作ることも忘れているようだった。

「誠司、ネットで調べてみよう。どうにか気づかれないように、私たちで死体を処理するしかないよ。だって警察を呼んだりしたら、この部屋に入れないわけにいかないんだよ。それはどうやったって、無理でしょ」

探偵の少年を手助けする役割のはずの《みゆな》が、死体の始末を指示する。悪い冗談のようなやり取りだった。

「《死体》、《処理》、《方法》で検索してみよう」

誠司はこたつの上のノートパソコンに触れ、スリープ状態を解除する。ファンの回る音がして、画面が明るくなる。おぼつかない手つきでキーボードを叩《たた》くと、エンターキーを押した。

「なんだ、これ。こんなに色々、やり方があんのかよ」

誠司は呆《あき》れた声でつぶやきながら、画面の上から下まで並ぶリンクの一つをクリックした。

検討した結果、誠司と《みゆな》が選んだ方法は、炭酸ナトリウムという薬品の溶液で死体を煮て、骨だけにするというものだった。

骨格標本を作る時などに用いられる方法で、炭酸ナトリウム自体は掃除用の洗剤として普通に売られているものなので、即日配達でネット注文した。

誠司がゲームやフィギュアを通販で買うのはよくあることだったが、電器店やホビーショップではなく薬局から荷物が届いたことに、母親は違和感を覚えたようだ。いつもなら、部屋の外に荷物を置いた旨を伝えてすぐにその場を離れるのに、その時は「ずいぶん重いけど、何か食べ物でも買ったの？」と中身を詮索《せんさく》してきた。誠司が無視していると諦《あきら》めて戻っていったが、そのあとに頼んだ防水シートやマスクとゴーグル、消臭芳香剤などはギフト配送のサービスを使い、送り主を誠司自身とすることで母親に不審がられないように配慮した。

代金は母親のクレジットカードから引き落とされるので、いずれ明細が届けばこれらの買い物の内容もばれてしまうが、とにかく今はこの状況を切り抜けることが重要だった。鉈《なた》と出刃包丁が届いた時は、何かを感じたのか、また母親が中身を気にして尋ねてきたが、ヒステリックに壁を蹴とばすと、逡巡《しゅんじゅん》しながらも荷物を置いて去っていった。

必要なものが揃うと、誠司は手順をよく確認した上で作業に入った。処理はすべて、母親が仕事に出ている間に、この部屋の中だけで行わなければならない。

床に傷がつかないように古雑誌を並べた上に防水シートを敷き、まずは男の死体を部位ごとに分けて解体した。

腕は肘《ひじ》から先と肩、足は膝《ひざ》から下と腿《もも》と、大体のサイズを決める。最初に肘に鉈を振り下ろす時にはしばらくためらったが、始めてしまえば、手足を切り離すのは、それほど時間がかからなかった。関節を狙って何度か鉈を叩きつけ、足で踏んで押さえながらねじ切るように回せば、骨が外れてぶらぶらになることが分かった。あとは出刃包丁で皮膚と筋肉と腱《けん》を切れば済む。道具が届くまで丸二日かかったおかげか、も

う あまり血は流れなかった。

　手間がかかったのは腰と胴体だった。誠司が腹に包丁を入れると、酷《ひど》い臭いのする腸があふれ出し、シートからはみ出るほどに広がった。適当な長さに腸を切り分けながら、ひとまず内臓だけを二重にしたゴミ袋に詰める。それから今度は胴体を、鍋《なべ》に入る大きさに切り分けていく。

　背骨を一箇所切り離したところで鉈の刃が欠けたので、また即日配達でもう二本の鉈と、それから廃棄物の切断用として売られていた細い鋸《のこぎり》を注文した。木材やプラスチックだけでなく金属まで切ることができる替え刃付きの鋸で、これは何本もある肋《ろっ》骨《こつ》を切るのに役立った。半分ほど切れ目を入れれば、あとは踏みつけるだけで内側に折ることができる。男の胴体の厚さでは鍋には入らないので、魚をおろすように腹側と背中側とをそれぞれ左右に分けて切り離さなければならなかった。

　もちろん誠司も、これらのおぞましい作業を平気でできたわけではないだろう。しかしどの段階かは分からないが、ある程度のところで男は人間ではなくなり、心理的な抵抗は減っていったように感じた。ただ頭部だけは、いつまでも人のような顔をしてそこにあり、誠司の目を背けさせた。

「苛《か》性《せい》ソーダがあったら、骨まで全部溶かせたんだけどな」

　鍋の溶液の中で煮込まれている男の頭のことを考えたくないのか、生気の抜けた顔でテレビゲームの画面を見たまま、誠司は《みゆな》としゃべり続けた。

「パイプクリーナーの、業務用のやつね。でもあれ、一般人は買えないって書いてたじゃない。劇物扱いだから、受け取るための書類を書いて身分証明書を出さなきゃいけないって」

「骨は、どうしようか。部屋に隠しとくとしても、ずっと置いてあるのは嫌だし」

「細かく砕けば、トイレに流せるんじゃないかな。これが終わったら、ハンマー買おうよ。とりあえず骨だけにしちゃえば、腐ったりすることはないんだから、そっちは急がなくていいよ」

「昔、キャンプで使ったでかい鍋、捨てられないで納戸にあって良かったよな。この先はもう、使うことないだろうな」

子供の頃のことでも思い出しているのか、言いながら誠司は目を細めた。

溶液を新しいものに変えながら半日かけて煮込んで、頭部はやっと骨だけの状態となった。鍋の中身はその都度、何回かに分けてトイレに流しに行った。男の頭蓋骨《ずがいこつ》を毛布にくるんでクローゼットに放り込み、最後に残った肉の溶けたスープ状の液体を捨てる。台所で食器用洗剤を使って鍋を洗い終えたあと、張り詰めた糸が切れたように、誠司はこたつで眠り込んだ。連日の気の滅入《めい》る作業の疲れもあってか、眠りは深かった。

誠司が目を覚ましたのは、午後六時のことだった。

薄暗い部屋の中で体を起こし、はっとした顔で耳をすませる。ぴちゃ、ぴちゃ、と断続的な、水滴が落ちるような音がしていた。そして壁か床に何かが当たっているような音と振動と、かすかな息づかいの気配。誠司は慌てて立ち上がり、蛍光灯の紐《ひも》を引いた。

誠司がまず目を向けたのは、窓の方だった。しかし空にした鍋が乾かしてあるだけで、特に異変はない。クローゼットの扉もぴったりと閉じられていて、先ほどと変わりはなかった。

肉に埋もれた喉仏《のどぼとけ》が上下した。何かが起きているのは、ドアの方だ。

ゆっくりと頭を回す。誠司は信じられないものを見たように一瞬、呆《ほう》けた顔をしたあと、言葉にならない喚《わめ》き声を上げ、ドアへと駆け寄る。

閉じられたドアに背を預けて床に座り込み、首筋に開いた穴からまだ漏れ出している血でセーターの胸元を真っ赤に濡《ぬ》らした母親が、大げさなしゃっくりをしているみたいに上体を痙攣《けいれん》させていた。

三

「お母さん、お母さん、お母さん！」

誠司は母親に縋《すが》りつき、力なく腿の上に置かれた小さな手を握り締めた。薄く開いた目はただ黒々としていて、もう何も見ていないようだった。

「しっかりして、お母さん、ねえ」

祈るように、母親の手を自身の胸に押しつける。腕を引かれ、ぐらりと傾いた細い体をもう片方の手で抱きとめた。母親の唇が、何か言いたげに動いた。だが声は発せられなかった。誠司はゆっくりと開いたり閉じたりする口唇を、食い入るように見つめた。何度か同じパターンを繰り返したあと、やがて笑ったような半開きの形のまま、動きを止めた。

「——救急車」

しばし身動きもせず、母親の体を抱いていた誠司が、不意につぶやいた。自分に言い聞かせるような、妙にはっきりした言い方だった。

誠司は静かに母親をドアにもたせかけると、立ち上がって振り返り、白々と蛍光灯に照らされた部屋の、窓際のある一点を凝視した。

染みだらけのトレーナーの胸が、大きく上下している。目を真ん丸に開いて、口元を歪《ゆが》ませ、まるで今にも泣き出しそうな幼な子のように見えた。

「駄目だ、駄目だ」

ごん、ごんと重い音を立て、誠司は拳《こぶし》を自身の側頭部に打ちつけた。苦痛に眉根《まゆね》を寄せ、額に青筋を浮かせて、強く、強く殴りつける。

「駄目だ、駄目だ、ああ……」

意味のない言葉がいつしか嗚咽《おえつ》に変わる。大きく開いた口の中で唾液《だえき》が糸を引いた。黄ばんだ不揃いな歯が、ぬらぬらと光っている。その奥から低く長い、獣のような声が絞り出される。

ごとん、とドアの方で、硬く重い物が床に落ちる音がした。

唸《うな》り声が止まる。誠司は振り向かなかった。目の前にぶら下がる蛍光灯の紐に、能面のようなのっぺりとした顔で指を伸ばす。カチ、カチという確かな響きとともに、室内は再び薄闇に包まれた。

誠司は力が抜けたようにその場に座り込んだ。口の中で「ごめんなさい、ごめんなさい」と小さくつぶやきながら、何かに耐えるように目を閉じる。やがて疲れ切った様相で肩を落とすと、もぞもぞとこたつに潜り込んだ。布団を頭まで被《かぶ》り、ドアの前に倒れている母親に背を向けたまま、静かに横たわっていた。

「――きっと、救急車を呼んでも間に合わなかったと思うよ」

小一時間が過ぎた頃、こたつの中で、くぐもった声がした。

「本当に、そうかな」

「自分を責めても、仕方ないじゃない。それよりどうするか、考えなきゃ」

ガタン、と大きな音を立てて、こたつがひっくり返った。天板の上にあったノートパソコンがテレビ台にぶつかり、口の開いたスナック菓子の袋の中身がばら撒《ま》かれる。

「どうするかって、またやれって言うのか？　母さんにあんなこと、できるはずないだろ！」

大声で喚くと、癇癪《かんしゃく》を起こしたように自分の腿を拳で何度も叩《たた》く。荒い息をしながら立ち上がった誠司は、乱暴な手つきでこたつ布団を引きずると、クローゼットの前へと運んだ。

積み上がった漫画雑誌の山を崩して平らにし、そこに布団を広げる。ドアの前に倒れている母親を抱き上げ、その上に横たえる。開いたままの目を閉じてやろうとするが、指で押さえても完全には塞《ふさ》がらず、上手《うま》くいかなかった。しばらく無言で母親の顔を見つめていたが、そのうちこらえきれなくなったように布団を被せた。小柄な体を足の方まで丁寧にこたつ布団で包み終えると、ぐったりと座椅子に腰を落とす。たるんだ頬に涙の筋が光っていた。

「もう無理だ。母さんが死んだら、お終《しま》いだ」

座椅子をきしませて頭を反らすと、誠司は抜け殻のような表情でぽかんと口を開けた。その唇から、長いため息が吐き出される。目じりに新たな涙の粒が膨らむ。

黒い天井を見つめていた誠司が、不意にそこに何かを見つけたように、はっとした顔になった。顎先を指でなぞりながら、何か考え込むように、宙に視線をさまよわせる。ややあって、ゆっくりと言葉を切りながら言った。

「――ねえ。誰が、どうして、誠司のお母さんを、殺したの？」

当然の疑問が、今になってやっと湧いたらしい。

「あの男の、仲間がやったのかな。仕返しのために」

誠司は喉《のど》を絞り、《みゆな》の甲高い声で自問自答する。

「誠司があいつをやっつけた時、外で見張ってた仲間がいたのかもしれない。でも、どうして外にいる人間にそれが分かったんだろう。カーテンはずっと閉めてあったし――第一、だったらなぜ、誠司は殺されなかったんだろう。復讐《ふくしゅう》されるとしたら、誠司の方だよね」

学園ミステリーのヒロインらしく、ぺらぺらと自分の推理をしゃべり続ける。いつにもまして演技がかった話し方で、まるで誰かに聞かせようとしているようだった。

「じゃあ、誰が――」

《みゆな》になりきった誠司は言いかけて止めると、せわしく爪を噛《か》みながら、何もない暗がりを睨《にら》んだ。言葉にするのをためらうように、何度も口を開けては閉じ、ついに、ぽつりと。

「自殺、だったのかな」

作り声で言ったあと、誠司は一瞬、紙のような無表情になった。

「――ううん。お母さんは、そんなことする人じゃない。自分を責めるようなタイプじゃないもの。それに、どうして今さら？　息子が部屋にこもってから十年も、波風立てないように目をつむって、やり過ごしてきたのに」

早口で言葉を継ぐ。あきらかにいつもと様子が違った。先ほどから、一度も《誠司》が話していない。誠司は手の甲でごしごしと目を擦《こす》る。

「たとえ誠司が人を殺したことに気づいたとしても、何もしないでしょう、あの人は。今までだって、ずっとそうだったじゃない！」

ヒステリックに吐き捨てると、両手で口元を覆ってうつむく。自分の言葉に感極まったように、誠司は肩を震わせながら洟《はな》をすすった。やがて顔を上げると、スウェットの腰の辺りで手のひらを拭《ぬぐ》う。

「やっぱり、自殺なんかじゃない」

声は落ち着きを取り戻していた。誠司は、このおかしな推理劇を、どうしても続けるつもりのようだ。

「だってお母さん、手に何も持ってなかったじゃない。ナイフとか、そういうの――そうだ。もしかして、座ってたところに落としたのかな」

誠司はドアの近くまで這《は》っていくと、血に濡れた床に顔をつけるようにして、母親の命を奪った凶器を探した。だが、それらしいものは見つからなかったようだ。立ち上がると、仰々しくため息をついて、目にかかった長い前髪を掻《か》き上げた。

「じゃあ、考えられる可能性は、一つだよね」

振り向いた誠司の唇が、不自然に吊《つ》り上がっていた。

「お母さんは部屋の外で刺されて、この部屋に逃げ込んだのよ。犯人はやっぱり、あの男の仲間だったんだ。家の中は見えなくても、ここに空き巣に入って出てこないなら、何かあったって思うもの。お母さんを捕まえて聞き出そうとして、それで――」

さっき自分で否定した推論だった。いったい、何がしたいのか。破たんした推理を、無理やりに接ぎ合わせようとしている。それを披露している途中で、誠司の動きが止まった。

視線は一点に注がれている。

しっかりとかけられた、ドアの二つの南京錠。

「この部屋は――」

誠司が大きく目を剥《む》いて、窓の方を見る。ゴミを蹴散《けち》らして駆け寄ると、カーテンをめくった。

「ちゃんと閉まってる」

サッシ窓の鍵《かぎ》は下りたままで、割られた窓ガラスの穴はきちんと内側から塞がれている。

「この部屋に入れた人間は、いないんだ」

ようやく《みゆな》でなく、誠司の声が言った。

発した言葉の意味を考えるように、窓に映った自身の顔をじっと見つめる。きらきらと瞳を輝かせ、どこか得意げな表情を浮かべて。

誠司は、これがやりたかったのだ。

不敵に唇を歪め、布団の上に腰を下ろすと、正面にあるドアを睨む。

「さっきの、母さんの口の動き、見てたか」

答える者はない。

「《みゆな》って、母さんは言ったんだ、何度も。昔、俺が教えた、お前の名前を」

やはり答える者はない。

「俺は《みゆな》と会話する。でも、俺は二重人格なんかじゃない。《みゆな》は俺なんだ。俺が寝ているうちに《みゆな》の人格が俺の体を操って、母さんを殺すなんて、あり得ないんだよ」

誠司は振り返り、低い声で告げた。

「だから、母さんを殺したのは、お前だ」

名探偵よろしくこちらを指差そうとした誠司のこめかみに、私はマイナスドライバーを思い切り突き立てた。

四

誠司が下校途中の私を拉致《らち》し、この部屋に押し込めたのは二年前。私が高校一年生の時のことだ。

ソフトテニス部に所属していた私はその日、秋の新人戦に向けての練習のため、普段より遅くに学校を出た。すでに夜の七時を過ぎて辺りは真っ暗で、近道をしようと、いつもは通らない細い路地に入った。

人通りのない道だった。切れかけた電柱の外灯の瞬きの下に、太った男が立っていた。思いつめたような顔をした男の前を通り過ぎようとした時、背中に強い痛みが走り、体が動かなくなった。男は体型にそぐわない俊敏な動きで私を抱え上げ、すぐ角を曲がったところの小さな一軒家に駆け込んだ。それがこの誠司の家だった。

リビングには明かりがついていて、テレビの音が聞こえていた。声を上げようとすると、廊下の床に叩《たた》きつけられた。どうかしたの、という母親の問いかけに、「出てきたら殺す」と誠司は怒鳴った。そして私の目の前に顔を寄せると、「声を上げたら殺す」とささやいた。生臭い息が鼻にかかった。

誠司は私の両腕を摑《つか》んで、引きずり上げるように階段を昇った。頭や膝《ひざ》を階段の角にぶつけながら、必死で悲鳴をこらえた。部屋に入り、ドアの鍵をかけると、誠司は私を敷きっぱなしの布団の上に放り出した。そして取り上げたスクールバッグの中のスマートフォンを窓の桟に何度も叩きつけて壊したあと、血走った目で私を見下ろし、理解不能な命令を下した。

「今日からお前は《みゆな》だ。俺の友達になるんだ」

クローゼットから分厚いノートを出してきた誠司は、《みゆな》が生まれた経緯について説明を始めた。早口で滑舌が悪いので聞き取りにくかったが、誠司がノートに記した自伝めいた文章を読むことで、やっとこの男が何をしたいのかが分かってきた。

誠司は《みゆな》に実体を――声と体を持たせたいと考えていたのだ。

「文字だけのやり取りじゃなく、ちゃんと人と話したいんだ。母さんは俺の話を聞いてくれないし、俺の望む受け答えは絶対に返ってこない。母さんには俺の話すことが理解できないんだ。誰ともまともに話せないってことが、どんなにつらいか分かるか。俺はこのままだと死ぬしかない。何度も何度も死のうと思った」

袖《そで》をまくって見せつけられたのは、手首から肘《ひじ》の内側にかけて走る、何本もの赤い線だった。どれもごく浅い、引っかき傷のようなかさぶたで、本気で死のうなどと思っていないことだけが分かった。

「お前に《みゆな》と同じ考え方ができるようになってほしいんだ。ノートはまだ何冊もある。全部読んで《みゆな》になってくれ」

一方的で理不尽な命令だった。とてもそんなことができるとは思えなかった。

ここに連れて来られて最初の一週間は、どうにか逃げ出そうと考えていた。

部屋に閉じ込められたその日から、《みゆな》になるための鍛錬《たんれん》が始まった。ノートを読みながら疲労のあまり眠りかけると、そのたびに誠司に頭を拳《こぶし》で殴られた。悲鳴を上げそうになると、すかさず腹を蹴《け》られる。

「俺だって寝てないんだ。真剣にやれ！」

殴ったり蹴ったりだけでは効果がないと分かると、誠司は私の腕や太腿《ふともも》を至近距離からエアガンで撃った。跳ねた弾が当たると危ないから目を塞《ふさ》げと言われ、いつ、どこを撃たれるか分からない恐ろしさに身構えていると、次の瞬間、カチッという乾いた音とともに激痛が走る。それが幾度も繰り返された。恐怖と苦痛から逃れるためには、誠司の言いなりになるしかなかった。

丸三日寝ないで何冊ものノートをめくり続けた。内容はほとんど頭に残らなかった。そこに記されていたのは、薄っぺらで身勝手きわまる自己憐憫《れんびん》と、こんな自分をそのまま誰かに受け入れてほしいという甘ったれた切望だけだった。

すべてのノートを読み終えると、誠司はやり遂げたご褒美だと、初めて食事を摂《と》らせてくれた。水だけは時々飲ませてもらえたが——トイレは母親が仕事に行っている間にドアを開けたままさせられた——空腹で倒れそうだった。

ようやく与えられたのは、偏食の誠司の食べ残しだった。

「ピーマンと玉ねぎと、ミニトマトは食べていい。あとみかんも、まあいいや。これ、あんま甘くないから」

誠司がひと房だけ食べて渡してきたみかんは、充分に甘く感じられた。肉野菜炒《いた》めに入っていたピーマンと玉ねぎは甘辛く味付けされていて、豚の脂の風味がして、涙が出るほど美味《おい》しかった。食べ終えると誠司は、私に布団の上に戻るように言った。

「俺の許可なくそこから動いたら、殺すから。今日はもう寝ていい」

ドアを開け、お盆に載った食器を廊下に出すと、誠司は鍵のかかったドアを塞ぐように座椅子を移動させて、そこで眠り始めた。私は誠司の寝息が深くなるのを待って、音を立てないようにノートのページを一枚破った。文面を選び、さらにそれを小さな断片に切り取った。

翌日からは、《みゆな》のように話す訓練が始まった。誠司が言ったことに、《みゆな》になりきって返す。なるべく当たり障りなく、誠司が喜ぶような返答をしたつもりだったが、誠司は「なんか違うんだよな」と納得いかなそうに首を捻った。殴られないように神経を張りつめていたので、終わる頃には疲弊し切っていた。

この日も誠司は食べ残した野菜や果物を私に与えた。食事の際、誠司の目を盗んで皿の下に折り畳んだノートの切れ端を挟んだ。誠司が書いた『ここから出たい』という文字だけを、意図的に破り取ったものだ。誠司が私を家に連れ込んだ時の物音を聞いている母親には、これだけで状況は伝わると思った。

母親が警察に通報してくれる。すぐに助けがくると信じていた。だが、半日が過ぎても何も起きなかった。翌日も皿の下に『誰かの助けが必要なんだ』と書き殴られたノートの断片を忍ばせたが、母親は朝になると普段どおりに出勤していった。

私はまだ諦《あきら》めてはいなかった。誠司は母親のことを、察しの悪い人間のように言っていた。メモの意味が分からないだけかもしれない。とにかく気づいてもらえるまで続けよう。そう決めてその夜は『学校に行きたい』という言葉を選び、皿の下に置いた。

ようやく、何かが起きているということは伝わったのだろう。

翌朝、誠司の母親は、それまでと少し異なる対応をした。

食事を廊下に置いたあと、いつもならすぐにドアの前を離れるのに、ぐずぐずとしばらくそこに立っていた。誠司は母親がまだその場にいることに気づかず、鍵《かぎ》を外してドアを開けた。

母親は驚いた顔で、布団の上にうずくまる私を見た。確かに目が合った。誠司がすぐにドアを閉めてしまったので一瞬だったが、間違いなかった。誠司は取り乱し、めちゃくちゃにドアを叩きながら「てめえ、殺してやる！」と叫んだ。階段を駆け下りていく足音を聞きながら、安堵《あんど》で涙が出た。

やっと家に帰れる。お父さんとお母さんに会える。友達にも会えるんだ。

だが、夕方まで待っても、誰も助けには来てくれなかった。六時になって、いつものように帰ってきた誠司の母親は「ただいま」と声をかけると、夕食のお盆を置いてそそくさと階段を降りていった。

その日は誠司が、野菜だけでなく焼き魚とご飯、そしてデザートを残した。

「魚は食わねえって言ってんのにな。飯もやたら大盛りだし」

誠司の母親は息子に逆らって私を助け出すのではなく、ただ飢えさせずにおくという、波風の立たない決断をしたようだった。それを悟り、絶望しかけたが、彼女がしたことはそれだけではなかった。

「俺、ゼリーは桃ゼリーしか食わないのに、間違えて出しやがった」

そう吐き捨てて誠司が放ってきた半透明のカップ入りのグレープフルーツゼリーを食べ終わった時、空になったカップの底に、黒い汚れのようなものがついているのに気づいた。ひっくり返して見ると、そこにはサインペンの小さな丸文字で『必ず助かる！』と書かれていた。

母親からのメッセージだった。「助ける」ではなく「助かる」と書かれているのが気になったが、見捨てられたわけではないのだ。私はその希望に縋った。

ゴミの中に無造作にまぎれていた何かの景品らしいペンを拾い出すと、早朝、誠司が寝ている隙に、母親のメッセージの横に自分の名前と自宅の電話番号、そして『両親に無事だと伝えてください』の一文を添えた。暗い中で急いで書いたので乱れた字になったが、充分に読めるだろう。朝になって廊下に出された食器を片づける時に、母親は必ずそれを目にするはずだ。すぐには警察を呼んでもらえないとしても、せめて両親を安心させたかった。

翌日も、翌々日も、デザートはゼリーではなく果物だった。数日が経ってようやくぶどうのゼリーが出された時は泣きそうになった。誠司からカップを受け取ると、すぐにその底を確認した。小さな丸文字で、前回よりも長い文章が書かれている。心が沸き立った。私の無事を知った両親はなんと言っていたのだろう。

『いい名前だね！　色々あって電話はできないけど、あなたの優しい気持ちはきっとご両親に伝わってるはずだよ！』

母親のメッセージは、ただ、それだけだった。

返事は書かなかった。それから私は、皿の下にメモを置くことはしなくなった。時折、デザートに出てくる桃以外のゼリーの底に『負けるな！』、『頑張ろう！』といったメッセージが書かれていることがあったが、その丸文字を見ただけで虫唾《むしず》が走るため、そのうち一切読まなくなった。

一か月が過ぎた時、誠司はうんざりした顔で、お前には無理みたいだ、と言った。

「お前、頭悪いだろ。考えが浅いし、話すことも薄っぺらだ。全然《みゆな》じゃない。もういいよ、別の方法を考えるから」

それから誠司は、自分で《みゆな》になりきって話すようになった。そもそも《みゆな》は誠司が作り出したキャラクターなのだから、それが一番的確な方法だろう。初めからそうすれば良かったのだ。

そして誠司は用のなくなった私を、どうすることもせず、ただそのまま布団の上に留め置いた。

元々あったドアの鍵の他に、南京錠を二つも取りつけた。私から目を離さないために風呂《ふろ》に入ることを止め、部屋に入ったら殺すと母親に宣言した。

誠司の食べ残したものを食べ、監視されて排泄《はいせつ》しながら、私はこの部屋で二年近くを過ごした。月に一回だけ、母親がいない間に風呂に入ることを許されたので、その時に急いで下着を洗った。栄養不足のせいか、たまにしか生理が来なくなったのは幸いだった。服は攫《さら》われた時にバッグに入っていた部活用のジャージを着続けている。

逃げたら殺される、という恐怖はもうあまり感じなかったが、逃げようという意志を折られていた。

ずっと寝ていたら歩けなくなるかもしれないということだけが心配で、誠司の目を盗んで布団の中で、静かに足を曲げ伸ばしした。起きている時間は部屋にある漫画雑誌を読んだり、誠司が観ているテレビ番組や、ゲームをする様を眺めていた。カタカタとこたつが振動する音と荒い息づかいが聞こえている間は、じっと布団を被《かぶ》って息を殺した。

久しぶりに皿の下に紙切れを挟んだのは、誠司がこの部屋に侵入してきた男を殺した三日後だった。

喉《のど》を踏みつけられた男が取り落とし、誠司が蹴《け》り飛ばしたマイナスドライバーが、私の方へ転がってきた。気づかれないように拾って、布団の中に隠し持っていた。そのあとに、目の前で誠司が始めたおぞましい作業。ずっと麻痺《まひ》していた恐怖が、急速に呼び覚まされた。

『誠司さんが空き巣に入った男を殺しました。死体が部屋にあります』

漫画雑誌の切れ端の余白に書いたメモだった。誠司が眠っている隙に、あの母親にも伝わるように、はっきりとそう書きつけた。

だが、次の日になっても、母親は何も行動を起こさなかった。

猛烈に嫌気が差した。部屋から逃げ出すことを諦めてから、機能を失っていた感情が、激しく動いた。

誠司にも、誠司の母親にも、この家にも、もう耐えられそうになかった。

翌日の今日。朝食の皿の下に、再び母親への言伝《ことづ》てを隠した。

『夕方、誠司さんが眠っている間に鍵を開けておきます。中に入って確かめてください』

鍵の番号は誠司が開ける時に盗み見て覚えていた。誠司は寝息が深くなると、そのあとは多少の物音がしても起きない。私が逃げないと判断したのか今はドアを塞《ふさ》いで寝ることもなくなり、この二、三日は疲労のせいか、数時間は目を覚ますことはなかった。

仕事から帰って皿の下のメモを見ただろう母親は、恐る恐るといった様子でドアを開けた。ドアのすぐ横で待ち構えていた私は、化粧臭い顔が差し入れられたところで、その首にマイナスドライバーを突き立てた。

たるんだ首の肉は、思った以上に固い手応《てごた》えだった。骨に当たるほど深く押し込んだあと、力を込めて引き抜くと、首に開いた穴からぴゅっと血が噴き出した。母親は驚いた表情で首の穴を手で押さえたが、指の間から見る見る血があふれた。「えっ、あら」とかすれた声でつぶやきながら、よろよろと足を踏み出すと、その場に尻餅《しりもち》をついた。

それ以上、声を出す力がないのか、金魚のようにぱくぱくと口を動かしながら、母親は困ったような顔で私を見上げた。誠司の小さな目と低い鼻は母親譲りだったのだと思いながら、その顔が白くなっていく様をただ見下ろしていた。現実から逃げずにドアを開け、息子のしたことをその目で見ようとしたのは彼女なりの成長なのかもしれないが、それでも、私がされたことを許す気はなかった。最後に誠司に告げようとした言葉からすれば、あの時に必死で伝えた私の名前など、覚えてもいなかったのだろう。

手と顔についた血をジャージの裾《すそ》で拭《ぬぐ》うと、元どおりドアを施錠し、ぐったりと座り込んだ母親をそこに置いたまま、誠司が目を覚ます前に布団の中に戻った。そしてじっと動かずに、その後の事態を見守った。

わざわざ南京錠をかけておいたのは、誠司が推理したように《みゆな》の人格が母親を殺したと錯覚させ、誠司にただ殺す以上の苦痛を与えたかったからだが、それだけは失敗に終わった。男を殺したことで理性を失い錯乱しているように見えたが、思ったより冷静にものを考えていたようだ。

誠司はマイナスドライバーが刺さったこめかみの方にぐるんと黒目が寄った奇妙な顔つきで、左足のつま先だけを痙攣《けいれん》させて、布団のそばに仰向けになっている。めくれたトレーナーから覗《のぞ》く白い腹が膨らんだり凹んだりしているところを見るとまだ生きているようだが、動くことはできなそうだ。

慎重に布団から立ち上がると、間抜けに突き出したままの誠司の人差し指になんだか苛立《いらだ》って、力を込めて踵《かかと》を打ち下ろした。小枝を踏み折ったような感触が小気味よかった。

少しふらつくものの、電話のところまでは歩いていけそうだ。

《みゆな》でなくなってから二年近く、誰とも話さなかったが、きちんと声は出せるだろうか。

（新潮文庫『妻は忘れない』に収録）

解説

若林《わかばやし》　踏《ふみ》（ミステリ書評家）

本アンソロジーは家族を題材にした短編ミステリを集めたものだ。編纂《へんさん》に当たってまず決めたのは、戦後の高度経済成長期から現在に至るまでの中から作品を探すことだった。父親はサラリーマンとして働き、母親は専業主婦となって家事育児を行う「近代家族」が確立される高度成長期から、性的役割が固定化されず個人の自律性や選択の自由が増す現代の家族像へと至る歴史の中で、ミステリ作家たちは家族の中に生じる歪《ゆが》みをどのように捉《とら》えてきたのか。以下は収録作の解題である。

〇「鬼畜」松本清張《まつもとせいちょう》

初出は『別冊文藝春秋』一九五七年四月号で、同年十二月刊行の『詐者の舟板』（筑摩書房）に収録された。以降、傑作選などに何度も再録されている清張短編の代表作だ。七八年公開の映画（監督：野村芳太郎《のむらよしたろう》、主演：緒形拳《おがたけん》）をはじめ三度の映像化でご存じの方も多いだろう。

児童虐待がミステリの題材として日本国内で注目されるようになったのは一九九〇年代のことで、ダニエル・キイス『24人のビリー・ミリガン』（原書刊行一九八一年、邦訳は一九九二年に早川書房より刊行）などの翻訳が日本のミステリに大きな影響を与えたことで浸透していった。その遥《はる》か以前に松本清張はミステリ小説において児童虐待を扱っていたのだ。清張が検事の河井信太郎《かわいのぶたろう》から聞いた実際の事件を基に書かれたものだという逸話が、本作の迫真性をより強固なものにしている。

愛人に押し付けられた三人の子供を男が棄児しようとする、残酷な物語である。主人公の宗吉《そうきち》はどちらかと言えば気弱で平凡な中年男性である。だが、そんな人間が子供たちを棄てようとするのだ。人間の身勝手さが犯罪という形で露見する時、血の繋《つな》がりなど容易《たやす》く切られてしまうことを清張は臆《おく》することなく書いた。

○「本末顚倒殺人事件」赤川次郎《あかがわじろう》

初出は一九八一年七月刊行の『別冊中央公論』第一巻第一号で、その後八一年九月に大和ノヴェルスで刊行された『冬の旅人』に収録された。同書刊行年には薬師丸《やくしまる》ひろ子《こ》主演の映画「セーラー服と機関銃」（監督：相米慎二《そうまいしんじ》）が公開され大ヒットし、その後も角川映画において赤川の小説が次々と映像化された。「本末顚倒殺人事件」は赤川が人気作家として不動の地位を築いていく時期に書かれた短編だ。

若者を主人公にしたユーモアミステリの書き手という印象の強い赤川だが、一九八〇年代初頭には赤川自身が当時住んでいたニュータウンの団地を舞台にしたサスペンスなど、家族やご近所を題材にした生活感のある小説を多く手掛けている。「本末顛倒殺人事件」もそうした八〇年代初頭の核家族の姿を反映したスリラーだ。功績を挙げられずクビ寸前の刑事である夫を救うべく、妻がとんでもない計画を思い付く、という序盤は著者の持ち味を活《い》かしたクライムコメディのように受け取れるかもしれない。だが、終盤には笑うだけでは済まされない意外な展開が待ち受けている。コミカルな中にも心を抉《えぐ》るような鋭さを放つ赤川作品の特質が良く表れた逸品だ。

〇「不文律」宮部《みやべ》みゆき

初出は『問題小説』一九九二年五月号で、宮部の著書としては後に九四年四月刊行の『地下街の雨』（集英社）に収録された。同年に宮部は『龍は眠る』（現・新潮文庫）で第四五回日本推理作家協会賞を受賞、さらに『火車』（現・新潮文庫）を刊行し九三年には同作で第六回山本周五郎《やまもとしゅうごろう》賞を射止めている。宮部が犯罪小説家としての地歩を固めていった時期に「不文律」は書かれたのだ。

宮部は犯罪が生まれた背景を複数の視点から見つめ、精緻《せいち》に解体していくような小説を書くことがある。人が犯罪の犠牲になる要因は時代を経るにつれて複雑化しており、それを捉えるためには様々な角度からの視点が求められる。その中には現代的な家族の在り方が抱える歪みを感じさせるものも少なくない。「不文律」では、とある一家四人が海中へ車ごと転落し、無理心中の疑いがあることが小説冒頭に記されている。なぜ一家は海中へと沈まなければいけなかったのか。小説は家族の隣人や友人など複数の関係者へのインタビューで構成されており、その証言の中から思いもよらぬ事実が浮かんでくる。複数の視点から構図を浮かび上がらせるという趣向は、第一二〇回直木《なおき》賞を受賞した『理由』（初刊一九九八年、現・新潮文庫）を想起させるものだ。

○「花ざかりの家」小池真理子《こいけまりこ》

初出は『小説現代』一九九四年六月号で、九五年刊行の『記憶の隠れ家』（講談社）に収録された。同短編集には「家」と題された短編が揃っており、家族関係を題材にした作品集と捉えることができる。その中から小池真理子の作風を最も象徴しており、かつミステリとしての驚きが待つ「花ざかりの家」を採ることにした。

小池作品では道ならぬ恋、例えば不倫関係が物語の重要な要素として描かれることが多い。「むしろ、どんどん人の道にそむいていってしまう危険性をはらんだものが、恋の本質なんじゃないか」（『別冊宝島63ミステリーの友』所収「せめてミステリーで不倫を」より抜粋）というように、小池は婚姻という制度から逸脱していく人間の心理を捉え、それをミステリというジャンルに結び付けて物語を書く。「花ざかりの家」でも不倫の恋がもたらす複雑な人間模様が描写されているが、物語は予想外の地点に着地する。美しさと醜悪さが混然となった幕切れの衝撃たるや。

○「おばあちゃんの家」新津《にいつ》きよみ

初出は二〇一八年三月に角川ホラー文庫から刊行された『シェアメイト』で、同作は書下ろし作品として収録された。著者のあとがき曰《いわ》く同短編集は「女と住まい」をテーマにした作品集とのことで、収録作のうち最も家族関係が色濃く書かれている「おばあちゃんの家」を当アンソロジーでは採用した。

湊《みなと》かなえやまさきとしかなど、二〇一〇年代に差し掛かる頃から家族を題材にしたスリラーを得意とする作家が台頭した。新津きよみはそれよりも前から〝ドメスティック・スリラー〟というべき短編を書き続けている一人だ。新津作品は繊細な心理描写が評価されることが多いが、それ以上に場面の巧みな切り替えによって、読者に宙《ちゅう》吊《づ》りにされる感覚を植え付ける技法に富んでいることが特徴である。「おばあちゃんの家」も匠《たくみ》の技に酔いしれるような一編だ。

○「裂けた繭」矢樹純《やぎじゅん》

初出は二〇一九年九月に著者の note にて掲載された短編で、二〇二〇年一一月に刊行された『妻は忘れない』（新潮文庫）に改稿のうえ収録された。矢樹純は一九年に刊行された『夫の骨』（祥伝社文庫）に収められた表題作で第七三回日本推理作家協会賞短編部門を受賞している。〝夫〟〝妻〟という文字が入った題名からも分かる通り、二冊とも家族を題材にした作品が揃う短編集だ。

矢樹の短編の特徴は、異なる要素同士の掛け合わせによって意外な展開を生んでいくところにある。「裂けた繭」はその最たる例で、はじめは引き籠《こも》りの青年を主人公にした話だと思っていたら、サプライズに次ぐサプライズでどこに物語が落ちつくのか予測がつかないまま、驚愕《きょうがく》の結末へとなだれ込んでいく。家族をテーマにしているものの題材に溺《おぼ》れることなく、とにかく展開の妙で読ませようと徹しているところに好感を覚える。矢樹は他に『マザー・マーダー』（光文社）という親子関係を描いた作品があるが、こちらは連作形式ならではの仕掛けで驚かせるものだ。

解題では児童虐待や〝ドメスティック・スリラー〟の隆盛など、家族ミステリを語る上での重要なキーワードについて触れた。他にもアダルトチルドレンブームや少年犯罪の凶悪化など、家族ミステリに関わる事柄で言及しておきたいことはあるが、それは別の機会に譲ろう。まずは本アンソロジーに収められた六編を通して読みつつ、日本における家族ミステリの歩みを感じてもらいたい。

本書は文庫オリジナルアンソロジーです。

偽《いつわ》りの家《いえ》

家族《かぞく》ミステリアンソロジー

赤川次郎《あかがわじろう》／小池真理子《こいけまりこ》／新津《にいつ》きよみ／
松本清張《まつもとせいちょう》／宮部《みやべ》みゆき／矢樹《やぎ》純《じゅん》
若林《わかばやし》踏《ふみ》＝編

令和6年 9月25日 初版発行

発行者●山下直久

発行●株式会社KADOKAWA
〒102-8177 東京都千代田区富士見2-13-3
電話 0570-002-301(ナビダイヤル)

角川文庫 24314

印刷所●株式会社暁印刷
製本所●本間製本株式会社

表紙画●和田三造

ISBN 978-4-04-115135-8 C0193

JASRAC 出 2404560-401

◇◇◇

角川文庫発刊に際して

角川源義

第二次世界大戦の敗北は、軍事力の敗北であった以上に、私たちの若い文化力の敗退であった。私たちの文化が戦争に対して如何に無力であり、単なるあだ花に過ぎなかったかを、私たちは身を以て体験し痛感した。西洋近代文化の摂取にとって、明治以後八十年の歳月は決して短かすぎたとは言えない。にもかかわらず、近代文化の伝統を確立し、自由な批判と柔軟な良識に富む文化層として自らを形成することに私たちは失敗して来た。そしてこれは、各層への文化の普及滲透を任務とする出版人の責任でもあった。

一九四五年以来、私たちは再び振出しに戻り、第一歩から踏み出すことを余儀なくされた。これは大きな不幸ではあるが、反面、これまでの混沌・未熟・歪曲の中にあった我が国の文化に秩序と確たる基礎を齎らすためには絶好の機会でもある。角川書店は、このような祖国の文化的危機にあたり、微力をも顧みず再建の礎石たるべき抱負と決意とをもって出発したが、ここに創立以来の念願を果すべく角川文庫を発刊する。これまで刊行されたあらゆる全集叢書文庫類の長所と短所とを検討し、古今東西の不朽の典籍を、良心的編集のもとに、廉価に、そして書架にふさわしい美本として、多くのひとびとに提供しようとする。しかし私たちは徒らに百科全書的な知識のジレッタントを作ることを目的とせず、あくまで祖国の文化に秩序と再建への道を示し、この文庫を角川書店の栄ある事業として、今後永久に継続発展せしめ、学芸と教養との殿堂として大成せんことを期したい。多くの読書子の愛情ある忠言と支持とによって、この希望と抱負とを完遂せしめられんことを願う。

一九四九年五月三日

角川文庫ベストセラー

狂王の庭　小池真理子

「僕があなたを恋していること、わからないのですか」昭和27年、国分寺。華麗な西洋庭園で行われた夜会で、彼はまっしぐらに突き進んできた。庭を作る男と美しい人妻。至高の恋を描いた小池ロマンの長編傑作。

青山娼館　小池真理子

東京・青山にある高級娼婦の館「マダム・アナイス」。そこは、愛と性に疲れた男女がもう一度、生き直す聖地でもあった。愛娘と親友を次々と亡くした奈月は、絶望の淵で娼婦になろうと決意する——。

二重生活　小池真理子

大学院生の珠は、ある思いつきから近所に住む男性・石坂を尾行、不倫現場を目撃する。他人の秘密に魅了された珠は観察を繰り返すが、尾行は珠と恋人との関係にも影響を及ぼしてゆく。蠱惑のサスペンス！

仮面のマドンナ　小池真理子

爆発事故に巻き込まれた寿々子は、ある悪戯が原因で、玲奈という他人と間違えられてしまう。後遺症で意思疎通ができない寿々子、〝玲奈〟の義母とその息子——陰気な豪邸で、奇妙な共同生活が始まった。

東京アクアリウム　小池真理子

夜景が美しいカフェで友達が語る不思議な再会に震撼する表題作、施設に入居する母が実家で過ごす最後の温かい夜を描く「猫別れ」など8篇。人の出会いと別れ、そして交錯する思いを描く、珠玉の短編集。

角川文庫ベストセラー

異形のものたち

小池真理子

母の遺品整理のため実家に戻った邦彦は農道で般若の面をつけた女とすれ違う――(「面」)。"この世のものではないもの"はいつも隣り合わせでそこにいる。甘美な恐怖が心奥をくすぐる6篇の幻想怪奇小説集。

ふしぎな話
小池真理子怪奇譚傑作選

小池真理子
編／東　雅夫

日常にふと忍び込む死の影、狂おしいほどの恋に潜む崩壊の予感、暗闇に浮かび上がる真っ白な肌……小説から日常のふしぎを綴るエッセイを加えた13篇。ノスタルジーに満ちた恐怖世界を堪能できる作品集。

私の居る場所
小池真理子怪奇譚傑作選

小池真理子
編／東　雅夫

母の趣味であった精巧なドールハウスを守る女性の虚無を描く「坂の上の家」。家庭がありながら惹かれ合う男女の既視感が不穏な「千年烈日」など円熟した物語と、生と死に思いを馳せるエッセイを収録。

緩やかな反転

新津きよみ

最後に覚えているのは、訪問者を玄関に招じ入れたこと。次に気付いたとき、亜紀子は野球のバットを握り、床に倒れた自分を見下ろしていた。入れかわった二人の女性の人生を描きだすサスペンスミステリ。

トライアングル

新津きよみ

郷田亮二は駆け出しの刑事。小学生の頃に同級生・佐智絵が殺され、その事件が時効を迎えたのをきっかけに、刑事の道を歩む決意をした。しかし二十年の時を経て、死んだはずの佐智絵が亮二の前に現れて……。

角川文庫ベストセラー

ダブル・イニシャル　新津きよみ

左手首を持ち去られる猟奇的な方法で殺害された安藤亜衣理。彼女に続きI・I、KKとイニシャルが連続する女性ばかりを狙った連続殺人事件が起きる。幸せな結婚を脅かす犯人の狙いに迫るサスペンスミステリ。

シェアメイト　新津きよみ

知らない男が勝手に住み着いた母の実家。このままではこの家はダメになる。追い払おうと決意した麻美に起こった悲劇とは？（「おばあちゃんの家」）女と住まいをテーマに様々な種類の恐怖を描いた短篇集。

三面記事の男と女　松本清張

昭和30年代短編集②。高度成長直前の時代の熱は、地道な庶民の気持ちをも変え、三面記事の紙面を賑わす事件を引き起こす。「たづたづし」「危険な斜面」「記念に」「不在宴会」「密宗律仙教」の計5編。

偏狂者の系譜　松本清張

昭和30年代短編集③。学問に打ち込み業績をあげながら、社会的評価を得られない研究者たちの情熱と怨念。「笛壺」「皿倉学説」「粗い網版」「陸行水行」の計4編。「粗い網版」は初文庫化。

神と野獣の日　松本清張

「重大事態発生」。官邸の総理大臣に、防衛省統幕議長がうわずった声で伝えた。Z国から東京に向かって誤射された核弾頭ミサイル5個。到着まで、あと43分！　SFに初めて挑戦した松本清張の異色長編。

角川文庫ベストセラー

乱灯　江戸影絵　(上)(下)　松本清張

江戸城の目安箱に入れられた一通の書面。それを読んだ将軍徳川吉宗は大岡越前守に探索を命じるが、その最中に芝の寺の尼僧が殺され、旗本大久保家の存在が浮上する。将軍家世嗣をめぐる思惑。本格歴史長編。

夜の足音　短篇時代小説選　松本清張

無宿人の竜助は、岡っ引きの粂吉から奇妙な仕事を持ちかけられる。離縁になった若妻の夜の相手をしろという。表題作の他、「噂始末」「三人の留守居役」「破談変異」「廃物」「背伸び」の、時代小説計6編。

蔵の中　短篇時代小説選　松本清張

備前屋の主人、庄兵衛は、娘婿への相続を発表し、仕合せの中にいた。ところがその夜、店の蔵で雇人が殺される。表題作の他、「酒井の刃傷」「西蓮寺の参詣人」「七種粥」「大黒屋」の、時代小説計5編。

落差　(上)(下)　新装版　松本清張

日本史教科書編纂の分野で名を馳せる島地章吾助教授は、学生時代の友人の妻などに浮気心を働かせていた。教科書出版社の思惑にうまく乗り、島地は自分の欲望のまま人生を謳歌していたのだが……社会派長編。

或る「小倉日記」伝　松本清張

史実に残らない小倉在住時代の森鷗外の足跡を、歳月をかけひたむきに調査する田上とその母の苦難。芥川賞受賞の表題作の他、「父系の指」「菊枕」「笛壺」「石の骨」「断碑」の、代表作計6編を収録。

角川文庫ベストセラー

葦の浮船　新装版

松本清張

某大学の国史科に勤める小関は、出世株である同僚の折戸に比べ風采が上らない。好色な折戸は、小関が親密にする女性にまで歩み寄るが……大学内の派閥争いと2人の男たちの愛憎を描いた、松本清張の野心作！

美しき闘争（上）（下）　新装版

松本清張

井沢恵子は姑との不和が原因で夫と離婚した。ひとりで生きていくため、評論家・大村の斡旋で「週刊婦人界」の記者の職に就くが、それをきっかけに邪な感情を抱いた大村は恵子にしつこく迫るようになり……。

北の詩人　新装版

松本清張

第2次世界大戦後間もなくの朝鮮半島。詩人・林和には、かつて祖国を裏切った暗い過去があった……イデオロギーと政治権力に押しつぶされ、誰にも理解されることなく処刑された悲劇の詩人を描く政治小説。

徳川家康　新装版

松本清張

2023年の大河ドラマの主人公は徳川家康！　三河の土豪に生まれた少年は、いかにして天下を簒奪したのか？　天下人の生涯に、文豪・松本清張が迫った。青少年向けに記されたもっとも分かりやすい家康伝！

内海の輪　新装版

松本清張

考古学者・江村宗三は、元兄嫁の美奈子と密かに逢瀬を重ねていた。肉欲だけの関係を理想に思う宗三だが、瀬戸内の旅行中に美奈子から妊娠を告げられる。醜聞発覚を恐れた宗三は美奈子殺害を決意するが……。

角川文庫ベストセラー

お文《ふみ》の影
宮部みゆき

月光の下、影踏みをして遊ぶ子どもたちのなかにぽつんと女の子の影が現れる。影の正体と、その因縁とは。「ぼんくら」シリーズの政五郎親分とおでこの活躍する表題作をはじめとする、全6編のあやしの世界。

過ぎ去りし王国の城
宮部みゆき

早々に進学先も決まった中学三年の二月、ひょんなことから中世ヨーロッパの古城のデッサンを拾った尾垣真。やがて絵の中にアバター（分身）を描き込むことで、自分もその世界に入り込めることを突き止める。

おそろし
三島屋変調百物語事始
宮部みゆき

17歳のおちかは、実家で起きたある事件をきっかけに心を閉ざした。今は江戸で袋物屋・三島屋を営む叔父夫婦の元で暮らしている。三島屋を訪れる人々の不思議話が、おちかの心を溶かし始める。百物語、開幕！

あんじゅう
三島屋変調百物語事続
宮部みゆき

ある日おちかは、空き屋敷にまつわる不思議な話を聞く。人を恋いながら、人のそばでは生きられない暗獣〈くろすけ〉とは……宮部みゆきの江戸怪奇譚連作集「三島屋変調百物語」第2弾。

泣き童子
三島屋変調百物語参之続
宮部みゆき

おちか1人が聞いては聞き捨てる、変わり百物語が始まって1年。三島屋の黒白の間にやってきたのは、死人のような顔色をしている奇妙な客だった。彼は虫の息の状態で、おちかにある童子の話を語るのだが……。